自重知らずの転生貴族は、現代知識チートでどんどん商品を開発していきます！

著 潮ノ海月
絵 たき

登場人物紹介

レミリア

シオンに仕えるハーフエルフ。
元凄腕冒険者で、シオンを支える。

フィーネ・ブリタニス

ブリタニス王国の第一王女。
シオンと歳が近いこともあり、仲良くなる。

シオン・ディルメス

前世の日本での記憶を持つ侯爵家の次男。
女神から貰った《万能陣》を駆使して様々な商品を開発し、商会を立ち上げる。

アグウェル
珍しいものを作るシオンの噂を聞きつけ、仕官してきたアークデーモン。
リムル
自由奔放なサキュバス。アグウェルの娘で、シオンに惚れこんでいる。
オルデン
商業ギルドでシオンと仲良くなったダルシアン王国の商人。
マリナ・ナブラスト
幼いが、ナブラスト王国の女王。歳のわりに大人びている。

第1話　女神《めがみ》との会話、そして転生

俺は気づくと、真っ暗闇の中にいた。

体の感覚はなく、自分の目が開いているかどうかもわからない。

そこで俺はハッと気づいた……自分は死んだのだと……

大学を卒業してから、中堅企業に就職し、たまの休みの日にはアニメを観て、ゲームをし、ラノベを読む、ささやかな独身生活。

自分の人生に何の展望もなかったけど、自分なりに楽しく暮らしていたんだよな……

でも今思えば、もっと色々な場所へ旅行がしたかった……もっと豪華な料理も食べたかった……

それに一度くらい恋愛というものを経験したかったな。

どうして死んだのかも、妙にはっきりと覚えている。

まさか焼きマシュマロを口一杯に頬張《ほおば》っている最中に喉《のど》に詰まらせるなんて……そして、そのことでパニックになり、心臓発作を引き起こすとは思わなかった。

マンションの部屋で俺の死体を発見した人は、いったいどんなリアクションを取ったのだろうか。

「それはもう、何をやってるんだって感じで、駆けつけた救急隊員の皆さんも呆《あき》れていたわね」

物思いに耽《ふけ》っている俺の近くから、突然、鈴の音のような綺麗《きれい》な声が聞こえてきた。

その声に驚いた瞬間——

視界が切り替わり、気づくと神殿のような建物の中にいた。

柱の外側は、真っ白な空間がどこまでも広がっている。

手足の感覚はあるのだが、物理的な肉体があるようには見えない。

霊体のような状態なのだろうか。

目の前に視線を向けると、キラキラ光る豪華な椅子《いす》に座る、光り輝く女性が笑いながら涙を流している。

「笑ってごめんなさいね。でも、日頃からの不摂生《ふせっせい》が原因とはいえ、まさか焼きマシュマロを喉に詰まらせているタイミングで、心臓発作が起きるなんて運が悪かったわよね」

「あなたは誰ですか？」

「見てわからないかな。私はあなた達の住んでいた世界とは違う異世界——エクストリアという世界の女神よ。ほら、全身が光り輝いてるでしょ」

そういえば透き通った肌がキラキラと輝いている。

……こんな人間がいたら、真っ暗な夜でも明るそうだな。

「今、変なこと考えませんでした？」

「いえ……それでいったい俺に何の用ですか？」

「そのことを伝えに来たんですよ——おめでとうございます。厳正な抽選の結果、あなたはエクストリア世界に転生することになりました。パチパチパチパチ。剣と魔法の世界ですよ。魔獣やドラゴンだっています。夢の異世界ですよ。よかったですね」

……よくわからないけど、エクストリア世界という異世界へ転生できるみたいだな。

これが現実の世界だったら、新手《あらて》の詐欺か、似非《えせ》宗教の勧誘を疑うところだよ。

というか抽選で異世界に行く転生者を決めていいのか女神よ……さっきまでのやり取りで、いい加減にしか感じられないのだけど……

「また変なこと考えませんでした？」

「そんなことはないですよ。それでエクストリアの世界って、どんな世界なんですか？」

せっかく転生できるのだから、事前に情報を集めておくことは重要だよね。

その情報によって生き方を考えないといけないからさ。

全身がピカピカと輝いているから、微妙な表情まではわからないけど、女神は何やら言い淀《よど》んでいる。

「実は……五百年ほど前に魔王が魔族や魔獣を従えて、世界を支配しようとした時期がありまして。その時は日本から転移した勇者が、魔王を討ち滅ぼして、それは阻止されたのですが」

それは俺が読んでいたラノベでもよくあるパターンだ。ファンタジー小説の定番といってもいい。

言いにくそうにしているが、その後のことが気になるんだけど……

「それで世界が荒廃してしまい、今は人族が世界の大半を支配しているんですが、安定した大国がないんです。少し大きな国が栄えても、外敵がいないので、すぐに他の国々からの攻撃が集中してしまい……それで文明も経済も発展しない有様《ありさま》で。それで、異世界転生なんかに馴染みがある人に転生してもらって、刺激を与えてもらおうと思いまして」

厳正な抽選って言ってたけど、大嘘《おおうそ》じゃないか！

でも確かに、異世界転生がテーマのアニメやラノベを読んでいた俺は、女神の言う通りの人材かもしれない。

それに女神の説明をまとめてみると、今のエクストリア世界って、昔の日本の戦国時代に似た状態になっている気がする。

「そんな世界に平和ボケした日本人である俺が転生したところで、すぐに殺されるような気がするけど……」

「どうして、そうネガティブなのですか？　日本人の悪い癖ですよ。もっとポジティブに生きないと、人生はどんなことが起こるかわからないんですから。気軽に転生してくれたらいいんです」

「普通の人間だからね、その世界は危険そうじゃないか」

「何の能力もなく、いきなり転生させて放り出すことはしませんよ。これでも一応は女神なんですから、どんな恩恵でも与えられます。さあ、望みがあるなら素直に何でも言ってみてください」

「それならお金をくれ。一生、めちゃくちゃ散財しても尽きることのない莫大《ばくだい》なお金を」

そう……お金さえあれば、俺が危険に身をさらす必要がない。

小さい島を買って、可愛くて綺麗なメイド女子を雇って、毎日イチャイチャすることも夢ではないだろう。

戦いについては戦闘に長《た》けた人を雇えばいいし、あるいは資金だけ出して誰かに商売をさせてもいい。

そう思った俺の希望に、今まで両手を広げて意気揚々と語っていた女神の動きがピタリと止まる。

「怠惰《たいだ》は大罪ですよ。怠ける者食うべからずです。お金は働いてきちんと自分で稼ぐもの。それに他人に頼り切るのもダメです。そんな要望は女神として許せません」

さっきは何でもいいって言ったじゃないか……

転生した最初の時点でまったく資金がなければ、できることもほとんどないだろう。

「あーあ、それならどこかの田舎に引っ込んでスローライフでも送ろうかな」

「ちょっと待ってください。それでは世界に刺激を与えられないではないですか。資金のことはキチンと考慮しますからヘソを曲げないでください」

光り輝く豪華な椅子から立ち上がってそう言った女神は、天に向かって両手をかかげる。

すると真っ白な空に青白い巨大な魔法陣が現れ、そこから光の柱が一気に俺に下りてきた。

「もう、色々と説明するのが面倒臭くなってきました。今ので恩恵を授けたので、エクストリア世界へいってらっしゃーい」

「まだ何にも決まってないじゃないか。もう少し話し合おう……まだ、心の準備がぁぁあああ！」

こうして眩《まばゆ》い光に包まれ、俺はエクストリア世界へと転生するのだった。

第2話　父上、ロンメル砦《とりで》へ出発！

——エクストリアの世界へ転生して、九年が過ぎた。

「ここにおられたんですか。ダイナス様がお呼びです」

父上の書庫で本を漁っていた俺——ではなくて僕を、メイドのレミリアが慌てた様子で捜しに来た。

ダイナス様とは僕の父上のことで、このブリタニス王国のディルメス侯爵家の当主である。

そして僕はシオン・ディルメス、九歳。

侯爵家の次男というわけだ。

女神と話して光に呑《の》まれた後、僕は気づいたら赤ちゃんになっていた。

そこからすくすくと育ち、今現在に至る。

この世界、エクストリアには、グランタリアという大きな大陸がある。

極東と呼ばれる東の地域には、南に向かってぶら下がるように伸びているラバネス半島があって、その先端部分に、僕達が住むブリタニス王国は位置している。

王国の南側と東側には海やちょっとした島しかないけど、地続きになっている北側と、西側の海の向こうには、幾つもの国が存在している。

特に北側には、トランスベル王国とナブラスト王国という二つの国があり、僕の転生したディルメス侯爵家は、そのナブラスト王国と国境を接している地域を領地にしているんだ。

僕達が住んでいるのは領都ディルスといって、近隣でも最も立派な町の一つと言われている。

ちなみに今僕を呼びに来たレミリアは、僕が幼少の頃に、ひょんなことから僕の専属メイドになった、ハーフエルフの元冒険者だ。

常日頃はおしとやかなんだけど、元冒険者だけあって、怒らせると怖い一面もあるんだよね。

そんなレミリアと一緒に執務室へ行くと、大きくて豪華なデスクに座って、父上が難しい表情をしていた。

「シオンはどこにいた?」

「はい、いつものようにダイナス様の書庫におられました」

レミリアの返事に、父上は溜息《ためいき》をつく。

「シオンよ、どうして外に出て剣の訓練をしないのだ。兄のアレンは三歳の頃から、玩具《おもちゃ》の木剣を持って騎士の真似事をして外で遊んでいたぞ」

「父上、僕の体を見てください。木剣を振り回せるように見えますか?」

僕は胸を張って、片手で自分の細い腕と脚を指差す。

僕も男子だし、このファンタジーな世界で勇者みたいに活躍したいという夢も、五歳の頃まではあったけどね。

しかし、いざ木剣を持って訓練をしてみると、運動神経は人並み程度だった。

……あの女神様は、まったく身体能力を向上させてくれなかったらしい。

それに、元々、前世でも運動が苦手だったこともあり、僕が読書に逃げ込んだのは仕方ないことだと思う。

そんな僕の様子を見て、父上は片手で額を押さえる。

「そのようなひ弱な手足をしているから、少しは運動してはどうかと言ってるのだがな」

するとレミリアが静かに進み出る。

「どうやらシオン様は知性の方が先に成長しているのではないかと。今ではダイナス様の蔵書を理解されているようです」

「それは本当か……？　子供が読めるような簡単な本は置いていなかったはずだが……」

レミリア、僕を庇《かば》ってくれてありがとう。

父上が不思議に思うのも無理はない。

だって生まれた時から成人並みの知識はあったからね。

赤ちゃんの頃は体も自由に動かせず、何もできなくて焦ったよ。

毎日、泣いて笑って乳母《うば》の母乳を飲んで、眠るばかりの生活に飽き飽きしていたし……だから僕は、幼少の頃から父上の蔵書を読みまくって文字を必死に覚えたんだ。

ゼロ歳から本をねだる赤ちゃんを気味悪がって、離乳食が始まった途端に、乳母を担当していたメイドが邸《やしき》を去っていった時は、本当に申し訳ない気持ちでいっぱいになったけど。

でも、早くこの世界の知識を知りたかったし、文字の読み書きができなければ、それらを知ることもできなかったからね。

今では、父上の蔵書を読んで理解するくらいは造作《ぞうさ》もないのだ。

「それで何が面白かった？」

「地理の本ですね。グランタリア大陸の国々のことがよく書かれていましたから」

「あれは九歳の子供が読む本ではないぞ。やはりアレンとは違うのだな。子供の得意分野を伸ばすのも親の務めかもしれん」

そう言いながら、父上は満足そうに笑む。

僕には三歳年上のアレン兄上がいる。

頭もよくて武術にも秀でていて、僕の自慢の兄上だ。

そのアレン兄上は十二歳で、今は王都ブリタスにある別邸から、貴族学院に通っている。

月に一回、近況を封書で報告してくるのを僕も父上も楽しみにしていたりする。

どうやら機嫌が直ったらしい父上へ、僕はそっと片手を上げた。

「それで、お仕事中に僕を呼ばれるなんて、どうしたんですか？」

「そうであったな。ナブラスト王国軍がまた国境地帯を荒らしているらしいのだ。私はこれから領軍を率いて、国境地帯のロンメル砦へ向かう。いつもの小競り合いだろうから、そう長くはかからないはずだ。留守の間おとなしくしているのだぞ」

父上の蔵書で調べたのだけど、女神様が言っていたように、今のグランタリア大陸は小さい国々が乱立していて、群雄割拠《ぐんゆうかっきょ》の状態にあるらしい。

ブリタニス王国と接しているトランスベル王国とナブラスト王国の二国は、何かとちょっかいをかけてくる……つまり、そこに領地を持つ我がディルメス侯爵家の領地を狙ってだ。

今回の諍《いさか》いも、その一環だろう。

武勇に秀でた父上が国境での小競り合いで危険にさらされるとは思えないけど、やはり少し心配だな。

国境付近に集まっているナブラスト王国軍の兵数はおよそ千人。

これまでにあった衝突では、敵の兵数は五百人ほどだったから、数が倍になっている。

この規模だと、戦いが長引くかもしれないな。

それから三日後、父上はディルメス侯爵軍八百人を率いて、領都ディルスを出発していった。

ロンメル砦には二百人の兵が常駐していて、その者達と合流してナブラスト王国軍を迎撃する予定らしい。

父上が不在となった邸で、僕はそっと扉を開けて、文官が仕事をしている執務室を覗《のぞ》いてみる。

すると、木製のデスクの上に突っ伏して、執務長のジョルドがブツブツと弱音を吐いていた。

「ああ、ダイナス様が出陣されてしまうなんて、これから私が領都の管理をするのかと思うと胃が痛い。私に執務長なんて役職は向いてないいんですよ」

ディルメス侯爵領には主要な町が六つあり、その町ごとに父上の臣下である下級貴族が管理しているのだけど、領地全体の管理と領都の運営は名目上、父上が行っている。

しかし、領主である父上は今回のように領都を留守にすることも多い。

その間は執務長のジョルドが受け持つことになる。

ジョルドは有能な文官ではあるけど、気が弱いところがあるから、父上が留守の間、彼を手伝って、僕も何か役に立てないかな。


父上が国境へ向かってから十日が過ぎた。

伝令の兵士の報告によると、ロンメル砦に入ったディルメス侯爵軍とナブラスト王国軍はまだ睨《にら》み合いの状態が続いていて、本格的な戦にはなっていないそうだ。

砦を攻撃するには守備兵の三倍の兵力が必要というから、ナブラスト王国軍も容易に動けないのかもしれない。

レミリアと一緒に執務室へ赴《おもむ》くと、机の上に積まれた書類を整理しているジョルドの姿があった。

「平時でも忙しいのに、ナブラスト王国軍も迷惑な連中ですよ。戦となれば兵糧《ひょうろう》の確保、運搬、兵への備品の配給、報奨金、その他諸々の経費が……考えるだけでも頭が痛くなる」

「父上の領地って、そんなにお金に困ってるの？」

僕の声に気づいたジョルドは、書類から顔を上げて、驚いた表情で目を見開く。

「シオン様！　いえいえ、それほど困窮はしていませんが、戦争というのはとかく経費にかかる負担が大きいのです。今のところは資金不足ではありませんが、領地をもっと発展させるためには、ゆとりは欲しいところですね」

「それじゃあ、資金を稼ぐために何か作ってみようかな？」

「何かいい案があるのですか？」

「シオン様に不可能はありません」

なぜかレミリアが自慢気な表情で胸をプルンと張る。

彼女は何の根拠もなく言っている気がするが、実はそれは間違いではない。

そう……僕には女神様から貰《もら》った恩恵——その名も《万能陣《ばんのうじん》》のスキルがあるのだ。

これは、僕がイメージした様々な効果を実現するという、独自の魔法陣を生み出せるスキルだ。

具体的に何がどうなる、というイメージをしっかり持つ必要があるけど、魔法陣に触れたものを、その効果通りに変化させることができる。

それも、化学法則をある程度無視できるというおまけつき。といっても、あくまでも僕がイメージできる範疇《はんちゅう》でしかない。たとえば、食べ物を五倍に増やすみたいな、無から有を生み出すのはできない。

そのイメージを固定させるために、魔法陣を描く必要があるのだ。

こんなチートなスキルを、女神様が何の代償《だいしょう》もなく授けてくれたわけではない。

この肉体は平均並みだし、魔力量も人並み。それに魔法陣を使わないと、魔法が使えない。

この世界には基本となる、火、水、風、土、光、闇の六属性の魔法があり、その他にも無属性魔法などがあるんだけど……僕はそのどれもが使えないのだ。

父上にスキルのことを相談した時に、生身で魔法が使えないと報告したら、すごく残念そうな顔をされたのを覚えている。

父上からするとハズレスキルに思えたんだろうな。

それ以降、特訓をして剣術を覚えろ、と父上が口うるさくなったのは、僕のことを考えてのことなので仕方ないよね。

僕は以前から温めていた案をレミリアとジョルドに向けて発表することにした。

「領都では色々な用途で魔獣の素材を使っていたり、それ以外にも動物の食材を扱っていたりするでしょ。その骨を使って、陶器のような食器を作ろうと思うんだ」

「骨？　魔獣の骨や動物の骨、魚の骨などですか？　それなら町にゴミが沢山ありますけど……そんな骨で陶器のような食器を作ることができるんですか？」

通常、骨は素材にも食材にもならないから捨てられている。

レミリアの疑問ももっともだろう。

「うん。たぶん僕のスキルなら作れるはずなんだ。一度、試してみたいから骨を集めて邸に運んできてほしい」

「それなら私が町へ行ってきます」

レミリアはニコリと微笑《ほほえ》むと、ダッシュで邸を飛び出していく。

さすがは元冒険者なだけあって、行動力が半端ない。


それから一時間ほどで、彼女は背嚢《はいのう》を担いで邸へ帰ってきた。

「ただいま戻りました。冒険者ギルドで魔獣を解体した後に残った骨を頂戴《ちょうだい》してきたのですが」

その袋の中を見ると、沢山の骨が入っている。

「うん、それでいいよ。ありがとう」

この世界には様々な魔獣が生息していて、色々な素材が取れる。

魔獣の体内には、魔素が結晶となった魔石があり、その魔石は魔道具などのエネルギー源として取引されているのだ。

もちろんそれ以外に、毛皮や肉なんかも有効活用されている。

冒険者ギルドでは、魔獣の解体をしているから、骨が大量にゴミとして出るのだ。

さすがレミリア、いいところに目をつけたね。

「では早速、作業を始めようか」

床に広げた羊皮紙《ようひし》に、僕はペンで丁寧に魔法陣を描いていく。

僕のスキルである《万能陣》はひらがな、カタカナ、アルファベットの三つの文字を使って一つの魔法陣を描く。

このエクストリア世界の人々はエクストリア語を共通語としているから、ひらがな、カタカナ、アルファベットはわからない。

だから僕の描く魔法陣の内容を解析することは、この世界の誰にもできないんだ。

まずは中央に円形のスペースを空けておいて、その周りにひらがなで魔法陣を描き、その上からカタカナで魔法陣を描き、またその上からアルファベットで魔法陣を描いていく。

そして、中央のスペースに、マグカップの絵を描く。

今回の魔法陣に込めたのは、まずは、骨を粉々にする粉砕の効果。続けて素材の浄化を行い、中央に描かれた絵のように形を整え、綺麗な形に固め、陶器のように仕上げる効果だ。

強度やサイズについてもイメージしながら文字を描いているので、この辺りは細かく書き込まなくても大丈夫。

これで、魔法陣の上に置いたものを粉砕してマグカップを作る――【マグカップ】の魔法陣の完成だ。

魔法陣が描かれている羊皮紙の上に骨を置いて、魔法陣の端に両手を添えて魔力を流す。

すると魔法陣が光り出し、骨が空中へと浮かび上がった。

そしてクルクルと回転して粉末へと変化し、その粉が空中を回転しながら集まって、マグカップの形に変わっていく。

それを見たジョルドは喜びの声をあげた。

「なんと画期的なスキルなんでしょう」

一応、この世界に魔法陣の概念はあるんだけど、僕が使うような効果を持つものではなく、熱を発するとか光るとか、その程度のものだ。

それに比べたら、僕のスキルはかなり特別だよね。

ちなみに、僕がスキルで描いた魔法陣は、僕でなくても、魔力を流せば誰でも効果を発動することができる。

つまりこの実験が成功すれば、僕が魔法陣を量産して、他の誰かが魔力を流してマグカップを量産することができるというわけだ。

空中に浮かんでいたマグカップは、羊皮紙の上にそっと着地する。

「何とか、マグカップになったようだね」

魔法陣の上に完成した白いマグカップを手に取って、僕はニッコリと笑う。

真っ白なマグカップはピカピカと光沢があり、表面もツルツルで、強度も申し分ない。

これなら床に落としたとしても割れないだろう。

実験としては大成功でいいよね。

白いマグカップに満足した僕は、ジョルドに手渡す。

それを手で叩《たた》いたり、色々な角度から覗いたりと吟味《ぎんみ》したジョルドは、嬉々《きき》とした表情で頷《うなず》いた。

「このクオリティなら、ディルメス侯爵領の特産物として十分に売り出せます。ほとんど白磁器と変わらないくらいですからね。これは画期的な商品になりますよ」

「それはもうシオン様が考案された商品ですから。当たり前のことです」

だから、どうしてレミリアが自慢気なの？


それからレミリア、ジョルドと話し合い、僕の考案した骨を使った陶器は、『ボーン食器』と命名された。

そしてジョルドの提案で、邸の隣に簡易的な工場が建てられることになった。

器の種類も、底の深さを変えた皿を数種類、それとマグカップ、紅茶カップなどのコップ類や、フォーク、スプーンなども量産することにした。

これも【マグカップ】と同様に、【大皿】、【小皿】【紅茶カップ】……など、幾つかの魔法陣を数枚ずつ描いておく。

ジョルドはすぐに大工職人を手配してくれて、二週間後には工場が完成した。

こちらの準備は整ったので、後は人員だ。

魔法陣に骨を載《の》せて魔力を通せばボーン食器になることを考えれば、すごく簡単な仕事だから、工員を集めるのも大変ではないと思ってたんだけど……

それでも一つ一つ商品を作る度に、魔法陣へ魔力を流す必要がある。

毎日作業を続けていれば、魔力が枯渇《こかつ》して倒れる者が出てくるかもしれない。

そこで工場にある魔法陣は、魔石から魔力を抽出して魔法が発動するようにした。

これなら、小さな魔石を載せるだけで魔法陣が発動できるからね。

大量に魔石が必要だけど、小さな魔石はかなり価値が低いので、それほどコストは高くない。

あとは骨や魔石を魔法陣に載せて、魔力を流す人員が必要なんだけど……ジョルドとレミリアと相談して、奴隷を雇うことになった。

この世界は、前世の日本のように治安がいいわけでもない。

信用できる者でなければ、魔法陣や商品を盗まれる可能性がある。

奴隷は奴隷紋という魔法契約による紋が体に刻まれている。

そして主人の命に背くと、全身に激痛が走る仕組みになっているのだ。

それによって主人に反抗することはできないし、嘘や隠し事もできないから防犯対策としては申し分ないんだよね。

前世の記憶を持つ僕としては、奴隷を使うのはちょっと躊躇《ちゅうちょ》してしまうのだけど、この工場ならば無理な働き方をさせることはないだろうと何とか自分を納得させた。

奴隷も集まり、ボーン食器の量産が始まったところで、僕は売り先について考えないといけないことに気づいた。

でもそこは、ジョルドが既に動いてくれていた。

彼はサンプルとなる商品を持って、商業ギルドと交渉しに行ってくれていたのだ。

結果として、我が家から商業ギルドに商品を納入し、ギルド経由で幾つかの商会に卸してもらい、試しに販売されることになった。

お試し販売ということで、店頭価格はこちらで決められるそうで、どれもおおよそ銀貨一枚——日本円にして千円ぐらいの値付けにしてある。

ボーン食器の材料は、元々捨てられていた部位なので、原価はタダ同然。

なのでかなり安く売ることも考えていたんだけど、白磁器に近い高品質のものを安価で市場に流せば混乱を起こすことになってしまう。

なので、それを避けるための値付けとなった。

ちなみに、各手数料を抜いて、僕達の手元に戻ってくるのは、三割程度だ。

さて、どれくらい売れるかな。

そんなこんなで、ボーン食器の販売を開始してから一ヵ月ほど。

ボーン食器は売れに売れ、まだ発売されてから間もないのに、既に領都全体に広がる勢いになっていた。

気をよくしたジョルドがボーン食器の店舗まで作ろうと言い出したくらいだ。

さすがにそれは難しいんじゃないか、なんて話をしているうちに、父上が領都ディルスに帰還してきた。

国境に現れたナブラスト王国軍を退け、ロンメル砦に兵を二百人残してきたという。

応接室に僕とジョルドを呼び出した父上は、大きなソファにゆったりと座って息を吐く。

「やはりナブラスト王国軍は本気で侵略してくるつもりはなかったようだ。国境での小競り合いで済んでよかった……さて、シオン、ジョルドよ。私が留守の間は何もなかったか？」

「聞いてください。シオン様が発明したボーン食器が領都ディルスで大好評となっています。この分ですと出兵にかかる費用を上回る利益が得られそうです」

俺が口を開く前に、ジョルドがニコニコと微笑みながら、手に持っていたボーン食器を父上に手渡した。

食器を手に取り、ジーッと見つめ、指でコツコツと叩いて硬さを確かめ、父上は難しい表情を浮かべる。

「木よりも硬いが、金属ではなさそうだな。この食器は何でできている？」

「骨です。廃材になっていた魔獣、動物、魚などの骨を粉末にして、魔法陣を用いて器に加工したものです」

僕はすぐにそう答える。

「これがゴミになる骨から加工した器だと……シオン、どこからそのようなアイデアを思いついたのだ？」

「僕のスキルのことはご存知ですよね。廃棄される予定のものを使えば、元手はタダ同然に、様々なものを作れるんじゃないかと思いまして。それで稼いで、父上の力になれればと考えたんです」

父上に見据えられた僕は、指をモジモジさせながら答える。

その様子を見た父上は、ハァーと大きく息をついた。

「どうやらシオンは商才がありそうだな……では、商業ギルドでシオンの商会を作ろう。この商品の利益は全て、シオンの商会のものとする。侯爵である私が息子に儲《もう》けさせてもらうなど、沽券《こけん》に関わるからな」

「でも……父上のために食器を作ったので……」

そう、僕がこうして商品を売ろうと思ったのは、少しでも沢山儲けて、父上の力になりたかったからだ。

しかし父上は首を横に振る。

「いずれ侯爵家はアレンが継ぐことになる。成人すればシオンは家を出て独立せねばならん。その時に少しでも資金があった方が将来の役に立つ。よって商品の利益はシオンのものだ」

父上はブリタニス王国の侯爵で大貴族だ。

九歳の息子が商品を開発したからといって、その利益を父上が受け取れば、他の貴族から要らぬことを言われ、あらぬ噂《うわさ》を立てられことにもなりかねない。

もし王国中にそんな噂が広まったら、父上は国中の笑い者になる。

そこまで思考を働かせなかったのは僕のミスだな。

また何かの機会があったら、父上に協力しよう。

父上と話し合ってから三日後、僕の代理としてジョルドとレミリアが商業ギルドへ赴き、『ロンメル商会』を設立した。

この商会の名前は、レミリアが決めたんだよね。

ロンメル砦を守りに行く父上を僕が助けようとしたことから、この名前を考えついたそうだ。

父上の命を受け、ジョルドは領都ディルスに三つのロンメル商会の店舗を用意した。

そして一ヵ月後には、ディルメス侯爵領の主要な六つの町にもロンメル商会の店舗を用意し……

ついにボーン食器は販売されることになった。

既に領都の庶民の間でボーン食器は流行となっていたこともあり、他の町でも飛ぶように売れ、あっという間にディルメス侯爵領内に浸透していった。

ロンメル商会は僕個人が所有する商会で、レミリアが副会長として、僕の代わりに業務を行ってくれることになった。

僕はあくまでもまだ九歳の貴族家次男。実務なんてできるわけがない。

ホントはジョルドに副会長になってほしかったんだけど、彼は父上の片腕なのでそこまでの協力を得ることはできなかった。


領内でボーン食器を売り始めて三ヵ月後、ディルメス侯爵家の邸に、周辺の諸侯達が頻繁《ひんぱん》に訪問してくるようになった。

その目的はどれも、ボーン食器を安く卸してほしいというものだった。

諸侯の相手をしなければいけない父上は、段々と疲労の色を濃くしていく。

そんなある日、僕とレミリアは、父上の執務室へ呼び出された。

部屋に入ると、豪華なデスクに座る父上が、真剣な表情で真っ白なマグカップを持っていた。

「ただ白いだけの食器と思っていたが、こんなにも流行《はや》るとはな。これは私の予想を上回る大変な事態になるかもしれん」

「どういうことでしょうか？」

父上の言葉の意図がわからず、僕は首を傾《かし》げる。

するとエミリアがニッコリと笑って、推測を披露してくれた。

「ボーン食器の販路については全て記憶していますので、私から説明を……この勢いですと、ボーン食器の売れ行きは、ブリタニス王国南部の全てに広がるでしょう。ダイナス様はそのことについてご懸念《けねん》があるのかと」

「レミリアの予想通りだ。事はそれだけではないぞ。もしかすると、王城から呼び出しがあるかもしれん。もしもの時はシオンも王城に同行することになるから、そのつもりで心の準備をしておくように」

父上にそう告げられた僕とレミリアは、二人で自室へと戻った。

ちょっとディルメス侯爵領の資金繰りを改善しようとしただけなのに、どうしてこんな大事《おおごと》になるんだよ……

確かに領内で流行っているとは思っていたけど、まさか王城まで話が行くほどなんて考えてもみなかったな。

しかし、父上が王都へ行くとなると、多くの兵士を率いて登城しなくちゃならない。

そうなればまた遠征の出費がかさむ。

それでなくても、ナブラスト王国との国境での戦いで、出費が膨らんでいるのだ。

僕が引き起こした騒動で、父上に迷惑をかけるのは申し訳ない。

そこまで考え、僕はあることを思いついた。

《万能陣》で、試してみたいことがあったのだ。

急いで机の上に置いてあったインクとペンを手に取り、大きな姿見の前に立ち、鏡に向かって一心不乱に《万能陣》で魔法陣を描いていく。

僕の隣で様子を見ていたレミリアが首を傾げる。

「それは何の魔法陣なのですか？」

「ふふふ……【転移ゲート】の魔法陣だよ。この鏡を使えば王都にある別邸へ転移できないかと思って」

「転移……の魔法ですか？　勇者サトウがご健在の頃、勇者の仲間であった賢者タナカが用いたと言われている魔法ではありませんか。もうシオン様が何をされても私は驚きませんけど……」

何か悩ましそうにレミリアは大きく息をついた。

女神の言っていた通り、五百年ほど前に勇者とその仲間達が、魔王を討伐してエクストリア世界を救ったとされている。

その偉業を、この世界の人々は、遠い昔の神話として語り継いでいるのだ。

その勇者の名前がサトウ、仲間の賢者がタナカだから、女神が言っていた日本からの転移者が魔王を倒したというのは嘘ではないのだろう。

そんなことを考えながらしばらく鏡に魔法陣を描き続け、やっと【転移ゲート】の魔法陣が完成した。

それに魔力を流してみると――姿見の内側が歪《ゆが》んだゲートみたいになった。

これで王都にあるディルメス家の別邸に繋《つな》がっているはずだ。

王都の別邸には、昔行ったことがある。

そこにあった大きな姿見を思い出して、この姿見とそれが繋がるように空間を繋げる、というイメージをしてみたのだ。

実は昔、《万能陣》の使い方を色々試していた時に、空間と空間を繋げる魔法陣を描いたことがある。

魔法陣が触れている空間を歪ませて、別の場所にワープできないか……というもので、ちょっとした小物なら通れる程度の転移ゲートを作ることに成功した。ちなみに、虫を使って生物も通り抜けられるかの実験もしていて、成功している。

当時はスキルの理解度が低く、僕のイメージもあまり固まっていなかったので、ここまでのサイズを描くことはできなかったんだ。

だけど今なら、きっと人が通れるサイズの魔法陣を描けるはず。

そう思って描いてみたんだけど……当時と同じ見た目だし、きっと成功しているだろう。

ちなみに、入口となる魔法陣を描けば、出口は思い描いた場所にできあがるという便利な仕組みである一方、一方通行なのがネックだった。

そこの仕様はおそらく同じだろうから、無事に向こうに着けたら、あっちの姿見にも魔法陣を描かないとね。

ともかく、行ってみないことにはどうなるかわからない。

「ちょっと実験してみよう。鏡の向こう側へ行ってくるよ」

僕はそう言ったんだけど、すかさずレミリアが止めてくる。

「シオン様自身が実験されるなんて、それはダメです。私が確認して参ります」

「それじゃあ、二人で一緒に行ってみようか」

僕がそう言うと、レミリアはまた止めようと口を開いて……すぐに諦《あきら》めた表情になった。

僕がこういう時、言い出したら聞かないことを彼女は知っているからね。

というわけで、僕とレミリアは互いの手を握り、ゲートの内側へと入っていく。

すると一瞬、上下左右がわからなくなり——次の瞬間には見知った部屋に立っていた。

ゆっくりと視線を動かすと、今まさに服を着ようとしている裸のアレン兄上と目が合う。

「ギャー！　シオンとレミリアの幽霊が出たー！」

「ワァー！　アレン兄上の幽霊が出たー！」

「二人とも冷静になってください」

ギャギャギャーと悲鳴をあげる僕とアレン兄上の頭を、スッパパンとレミリアが張り倒す。

レミリアは長く仕えてくれているから、これくらいのツッコミは日常茶飯事《にちじょうさはんじ》で僕も兄上も気にしない。

その衝撃で正気を取り戻したアレン兄上が表情を歪める。

「どうしてシオンがこの邸にいるんだ？　詳しく話を聞かせてくれないかな？」

「……転移魔法陣の実験をしていて、ディルメス侯爵領の本邸から転移ゲートに飛び込んだんだけど……ここは王都の別邸だから、実験に成功したってことでいいのかな？」

兄上もいるし、やっぱり見覚えのある別邸の部屋だ。

すると、兄上は目を丸くした。

「それは転移魔法を使ったということか！　こんな重大なこと、見過ごせないぞ、父上には報告したのか？」

「え？　まだですが……」

というか、人間の転移を試したのはこれが初めてだし、本当は報告に行くのも気が重かった。

父上が楽に移動できればと思いついて試してみたわけだけど、まさかあっさり成功するとは思っていなかった。

それに冷静になれば、転移なんてとんでもないことを実現させてしまったとなると、また父上が王都に報告をしないといけない事項が増えて、仕事を増やしそうな気がする。

そうなると、父上に叱られかねない。

「それじゃあ急いで報告しに行こう！」

「え、でもこちらからはまた魔法陣を描かないと」

「それじゃあ急いで描いてくれ！　僕も準備するから！」

そう兄上に急かされて、僕は自分達が出てきた姿見に【転移ゲート】の魔法陣を描いていく。

そして魔法陣が完成し、魔力を流すや否や、兄上が僕の腕を掴《つか》んでゲートに突っ込んでいった。

……兄上、転移は初めてだよね？　未知の空間に飛び込むの、怖くないのかな？


無事に本邸の部屋に戻ってきた僕は、兄上に腕を引かれるがまま、父上の執務室へ向かった。

扉をノックしてアレン兄上が部屋の中に入ると、その姿を見て驚いた父上が椅子から立ち上がる。

「王都にいるはずのアレンがなぜここにいる？」

「それは、シオンがスキルで転移の魔法陣を完成させたらしく……」

「転移だと？　シオン！　どういうことか詳しく経緯を話しなさい！」

父上の迫力に圧されたアレン兄上が小声で答えると、父上はデスクを手のひらで叩く。

それから長時間、説教されることになったのは言うまでもない。


その後、やはり僕はめちゃくちゃ怒られた。

といっても、そんな危ない実験をして失敗していたらどうするつもりなのか、というものだったけどね。

それから、父上はしばらく悩んで、王城には転移ゲートのことは報告しないと決めた。

転移魔法は神話の魔法。本来であれば王城に連絡する必要がある。

しかし王城に知らせると騒ぎが大きくなりすぎるという理由と、実用段階に至るまで、色々と実験が必要になって大変という理由から秘密にしたみたいだ。

その日以降、幾つかの実験をして、転移ゲートについてわかったことは二つ。

一つは、ゲートは本来一方通行であって、僕が魔法陣を描く時にイメージした場所にしか繋がらないということ。

もう一つは、魔法陣——というか姿見よりも大きなものは転移できないということだった。

とはいえ、他の僕の魔法陣と同様、魔力を流すのは僕でなくても、効果は起動する。

そのため、兄上は頻繁に姿見の転移ゲートを利用することになった。

転移ゲートを作って一番喜んでいるのは兄上のような気がするな……僕も兄上と気軽に会えるから嬉《うれ》しいけどね。

第3話　宰相と面会！

転移ゲートの実験に成功してから二週間後、邸に王城からの早馬がやってきた。

父上の予想通り、ボーン食器の件で、ロンムレス宰相からの呼び出しがあったらしい。

王都とディルスの距離は、馬車で三日程度。

しかしその移動にもお金がかかるので、今回は転移ゲートで移動することにしていた。

そんなわけで伝令を受けてから二週間後の、指定された日。

姿見の転移ゲートを潜《くぐ》って、僕と父上は王都の別邸へと移動する。

「ではシオン、王城へ赴くぞ。王城に着いた後は、誰と出会うかわからん。くれぐれも粗相《そそう》のないようにな」

「わかりました」

「なに、ロンムレス宰相は旧知の間柄で親しくしている。そう緊張するな」

この二週間、父上から王城へ向かうことになると言われていたけど、いざ王城の人に会うのかと思うと緊張する。

そして僕達は二人で別邸から馬車に乗り込み、王城へと赴いた。

城に到着した父上は、僕を後ろに従えて、宰相の執務室を訪れる。

部屋の中にいたロンムレス宰相は、父上と同年代くらいだろうか、鼻の下にヒゲを生やした壮年の男性だった。

「よく来たな、ディルメス卿《きょう》……息子を連れてくるとは珍《めずら》しいな。まずは座ってくれ」

「宰相閣下に呼び出されては来ぬわけにはいかんだろう。今回は次男を連れてきた。よろしく頼む」

宰相に勧められ、長いソファに父上と二人で座る。

対面のソファに座った宰相が使用人に声をかけ、何かを運ばせてきた。

宰相が使用人から渡されたのはマグカップ——ボーン食器だ。

宰相は手に取ってチラッと父上の表情を窺《うかが》う。

「これはある貴族からライオネル国王陛下に献上された、ボーン食器と呼ばれる器でな。どうやらディルメス卿の領都で購入した特産品らしいのだが、卿からは報告がない。なぜこのような良質な品を、卿は隠していたのだ？」

「別に隠していたつもりはない。最近、国境にナブラスト王国軍が現れてな。私は敵軍を迎撃するために砦に遠征していたのだ。その間に息子がボーン食器を考案し、家臣が領都ディルスで売り出したのだが……ここまでの騒ぎになるとは考えてもいなかったのだ」

「では、この食器は貴殿の子息が作られたと？」

「そうだ。いい機会だと思い、その息子も同行させた。これが我が家の次男、シオンだ」

「シオンです。よろしくお願いいたします」

父上に紹介された僕はソファから立ち上がり、ペコリと頭を下げる。

僕を見て大きく頷いた宰相は、父上に視線を移して目を細めた。

「考案者が貴殿の子息であることは理解した。これは要望なのだが、ボーン食器を王城に卸してくれないか。他国から来た外交官へ、我が王国の特産品として自慢したいと、ライオネル国王陛下が仰《おお》せなのだ」

「こんな何の絵柄もない、ただ白いだけの食器を我が王国の特産品にするなど……ライオネル国王陛下も冗談が過ぎる」

「いやいや陛下は本気のようなのだ。このような質の高い食器を、我が王国の庶民までもが使っているのだと自慢したいらしい。元々、高品質の工芸品を使っている王城としては、頭の痛い話だがな」

宰相の話によると、王城で使用されている白磁の食器は重くて割れやすいので、ボーン食器と取り替えたいそうだ。

その後父上と宰相の話し合いで、王城で使用するのであれば、無地のままでは味気ないので、ボーン食器に金メッキなどで装飾を施すことになった。

そして僕が代表を務めるロンメル商会は、王室御用達という肩書きをいただけるという。

王室御用達の商会ともなると、商業ギルドにも影響を与えるほどの効力があるらしい。

ロンムレス宰相が僕を見て満足したように微笑む。

「シオンよ。これからもブリタニス王国のために新しい商品の開発に尽力するように」

「はい、わかりました」

僕がそう返事をすると、父上が困ったように息をつく。

「あまり息子を焚《た》きつけないでくれ。最近は色々とやらかすので困っているのだ」

「頼もしい限りではないか。男子はそのぐらいでないとな……そういえば、王都に卿の馬車が入ったという報告がなかったのだが、どうやってここまで来たのだ？」

そんな宰相の何気ない言葉に、僕と父上は顔を見合わせる。

別邸から王城に来れば問題ないと思っていたが、王都なのだから当然貴族の出入りを管理しているよね。すっかり忘れていたよ。

父上は、ここで誤魔化しても仕方ないと思ったのか、宰相に転移ゲートのことについて説明した。

一応、僕の固有スキルであることは伝えつつ、偶然成功して領都の本邸と王都の別邸を繋げただけで、人一人通るのが精いっぱい。しかもその後、別の転移ゲートを作る実験は全て失敗していて再現できていない、と父上は苦しそうに説明していたけど。

その内容を聞いて宰相は信じられない様子だったが、父上がそういう冗談を言うタイプではないので、どうにか納得してくれた。

まぁ、僕のスキルってのは信じてないみたいだけどね。

「このことが真実ならば陛下に報告しなければならんが……信じてもらえるだろうか……いや、ここは混乱を増やすだけなので詳細は伏せておいた方が……」

なんだか宰相の余計な心配事を増やしてしまったみたいだ。

「とにかく、この件は私の胸に秘めておこう。陛下への報告も、機を見て私からしておく」

そう言って溜息をつく宰相に見送られ、僕と父上は王城を後にして、別邸へ戻るのだった。

宰相との面会を終えた僕と父上は、別邸に戻るとそのまま領都へと戻った。

そして翌日、領都の邸の私室でレミリアと紅茶を楽しんでいると、扉が開いてアレン兄上が姿を現した。

「父上から聞いたよ。王室御用達の商人になったらしいじゃないか」

「僕が代表をしている商会がそうなっただけだから」

「意味は同じだろ……それで次はどんな商品を開発するんだい？」

「え、考えてないよ？」

「王室御用達になったんだから、もっと色々な商品を作らないとまずいだろ。私も一緒に考えてあげるから、新しい商品のアイデアを出し合おうよ」

アレン兄上は真剣な表情だ。

どうやら冗談ではなさそうだ。

でもそう言われても、すぐに新商品のイメージなんて浮かばない。

僕とアレン兄上が頭を悩ませていると、レミリアが紅茶を上品に一口飲んで、テーブルの上にカップを置く。

「私の個人的な推測ですが、ボーン食器は無地の白色の食器なので、そのシンプルさが主婦層に受け、商品の大ヒットに繋がったと推測いたします。ですので、次も女性をターゲットにした商品を考えてみてはいかがでしょうか？」

そういえば前世の日本でも、女性の心を掴んだ商品が大人気になるという傾向があったな。

女性の好む商品……それなら美容に関係する商品がいいかもね。

そうなると洗顔用品、洗髪用品、香水……下着や衣服などだろうか？

僕は女性の好きそうな品を、簡単に説明しつつ挙げてみる。

「石鹸《せっけん》……香水……衣服……どれも魅力的な商品ですね。私としては衣服に興味があります」

「私は香水だな。香水は紳士の嗜《たしな》みとも言うからね」

レミリアと兄上が、口々にそう言う。

「どれが売れるか考えるのは面倒だから、全て試してみてもいいかも。まずは香水から挑戦してみようかな」

そうなると、香水の作り方を考えないといけないよね。

たしか前世の記憶では、精油にエタノールを加えることで香水を作ることができるんだっけ。

でもこの世界には、エタノールなんては売られていない。

となると、まずは香水の素材となるエタノールを作る必要がある。

これは《万能陣》を利用すれば簡単にできるだろう。

次に香りの成分である精油だけど……

これも《万能陣》で作れはするけど、どんな香りにするかが問題なんだよな。

悩んでいると、レミリアが何かを思い出したようにウットリした表情をする。

「ラバネス半島の森にはキラーパンサーというヤマネコ系の魔獣が生息しているのですが、その毛皮は女性を虜《とりこ》にする独特な香りを放っているんです」

きっと彼女は、冒険者時代に狩ったことがあるのだろう。僕もどんな香りか興味があるな。

「それはいいね。レミリアの案を採用しよう」

「女性が好む香りなら、私も興味がある」

アレン兄上も乗り気のようだし、キラーパンサーの香水を作ってみよう。

レミリアには普段からお世話になっているから、彼女の好きな香水を作ってあげたい。

そこで僕はレミリアに頼んで、ジョルドを部屋に呼んできてもらった。

「ジョルド、至急で用意してもらいたいものがあるんだ。レミリアと二手に分かれて、準備してほしい」

「今度は何事ですか?」

「ちょっと作ろうと思ってるものがあるんだ。大至急でキラーパンサーの皮、それとアルコール純度の高い酒を調達してきてほしい」

僕の指示により、二人は邸を出ていった。

《万能陣》を使えば、色々なものを創造することができる。

しかし、何もない所から物体を生み出すことは苦手なので、イメージの元となる素材が必要となるのだ。

しばらく待っていると、ジョルドが荷馬車に酒樽《さかだる》を積んで戻ってきた。

「これは『ドワーフの火酒』と言いまして、ドワーフが好む、アルコール濃度が非常に高く香りの癖も強い酒だそうです。これでよろしいでしょうか？」

「ありがとう、ジョルド」

「とんでもございません。しかしこんな強い酒を用意して何をされるんですか？」

「まあ、見てて」

自室の床に羊皮紙を広げて、僕は《万能陣》のスキルを使って、【エタノール変換】の魔法陣を描いていく。イメージは、授業の実験なんかで使っていた、無水エタノールだ。

描き終えたところで、ドワーフの火酒の酒樽を魔法陣の上に載せて、魔法陣に魔力を流す。

すぐに魔法陣が輝き出し、酒樽の中でボコボコと音がし始めた。

魔法陣が問題なく発動していれば、エタノールへと変化したはずだ。

樽に顔を近づけて匂いを嗅《か》ぐと、元の独特な癖のある匂いは消え、大昔に嗅いだ記憶のある、アルコール臭になっていた。

おそらくこれでいいはずだ。

アレン兄上がアルコールの臭いに鼻をつまんで顔をしかめていると、部屋の扉が開き、レミリアがキラーパンサーの毛皮を持って帰ってきた。おそらく冒険者ギルドに行って購入してきたのだろう。

ドサッと目の前に置かれた毛皮からは、じゃ香に似た香りが漂ってくる。

毛皮から匂いがするという話だったから、毛皮のどこから匂いがするのか確認しようと思ったんだけど……ちょっとわからないな。

まぁ、あとは《万能陣》で何とかできるだろう。

僕は羊皮紙に《万能陣》で、【香りの成分抽出】の魔法陣を描く。

そしてその上に、キラーパンサーの毛皮を入れた樽を載せる。

魔法陣に手を添えて魔力を流すと、樽の中で何かが回転しているような震動が伝わってきた。

それが収まったところで樽を上から覗き込むと、液体が溜まっていた。

固体から精油成分を分離させても、残りの固体成分をどうするかイメージが湧かなかったので、まずは一度、全て液状にする効果にした。その後、その液体から精油になる成分を油状にして分離させて、水の上に浮かせる方法を試したのだ。

指を上澄みの液体に浸け、匂いを嗅いでみると、じゃ香のような独特な香りがした。

うん、成功だな！

この表層部分だけを汲《く》み取れば、キラーパンサーの香り成分を抽出した精油の完成だ。

それから、僕の指示に従ってレミリアはスプーンを使い、エタノールの樽と精油の樽から少しずつ液体を取り出し、口の開いた瓶の中で調合を始める。

何度か失敗しながら試行錯誤を繰り返し――そうしてようやく、彼女好みの香水が完成した。

こういう香水の調合って、男の子である僕にはちょっと難しい。

女の子の好みの香りってわからないから、レミリアに手伝ってもらって助かったよ。

完成した香水を移し分けた瓶に顔を近づけ、アレン兄上がクンクンと香りを嗅ぐ。

「ほう……これがキラーパンサーの香水か。独特の香りだが、確かに癖になる香りだね」

僕達の作業を見ながら説明を聞いていたジョルドも、興味津々な様子だ。

「女性が好まれる香りですか。これは私も試してみないと」

ジョルドは香水の小瓶を片手に持ち、もう片方の手のひらの上に香水の液を出して、ガバガバと首や手に塗り始めた。

その様子を見て、レミリアは残念そうな目でジョルドを見る。

「そんなに香水をつけては臭くなりすぎます。それでは逆に女性に嫌われますよ」

二十代後半になるジョルドだけど、若い頃から長年ディルメス侯爵家に仕えているので、女性との出会いがない。

なのでレミリアの言葉に、とても慌てて、ハンカチで香水を拭き取っている。

……この香水で、少しでも女性と仲良くなれればいいけど。

そんな二人を見ながら、できあがった香水の瓶を手に取って、アレン兄上が僕に問いかける。

「これ、何本か貰っていってもいいかな？」

「誰かにプレゼントするんですか？」

「ああ。貴族学院の女子達に配ってみようと思ってね。もし気に入ってもらえたら、顧客が増えるじゃないか」

「なるほど、ありがとうございます。ぜひ感想を聞かせてください」

アレン兄上は王都にある貴族学院に通っている。

貴族学院には大勢の貴族の子息が、勉学のために集まってきているから商品の宣伝には丁度いいかもね。

キラーパンサーだけでなく、色々な植物や花からも、色々な香水を作ってみたいな。


香水を作る実験に成功した翌日、今度は石鹸を作ることにした。

石鹸の作り方も、香水同様に前世の記憶にある。

動画を見たことがあって、油と苛性《かせい》ソーダ水溶液などの強アルカリ溶液、精製水、それから香りづけに精油が必要だったはず。

ただ、苛性ソーダ水溶液の作り方なんかは知らないので、別の動画で見た、灰を使った作り方を参考にしてみよう。

いずれにしても、僕の《万能陣》のスキルがあれば簡単に作ることができるだろうしね。

今回もレミリアとジョルドに頼んで、素材となる油や灰を用意してもらう。

精油は……とりあえず今日はなしで作ってみるかな。

二人が出かけている間に羊皮紙を床に置いて、《万能陣》のスキルで、【石鹸】の魔法陣を描いておいた。

二時間ほどでレミリア達が戻ってきたので、早速素材全てを一つの樽の中に入れ、その樽を魔法陣の上に載せる。

そして魔法陣に手を添えて魔力を流すと、魔法陣が眩《まばゆ》い光を放って、樽の中の素材が変化し、石鹸が完成した。

石鹸を手に取り鼻を近づける。

何の香りもしないから、清潔感のある香りや、女子が喜ぶ香りを石鹸に追加した方がいいかも。

それにしても、詳しい科学的な作り方なんてわからなくても、こうして完成するなんて、やっぱりこのスキルはチートな気がするな。


翌日、香り付けした石鹸を試してみるため、僕は邸の浴場へと向かった。

このエクストリア世界では、お風呂に入る文化が浸透していない。

一般庶民は布を水に浸して体の汚れを拭うだけだ。

元冒険者ってことで、町の暮らしにも詳しいレミリアに聞いた話だけど、なかなか汚れが落ちないので、苦労している人も多いんだとか。

だったら、汚れが落ちやすくなる石鹸の需要もあるんじゃないかな。

ちなみにその一方で、勇者サトウが風呂好きだったという逸話もあるためか、貴族、そしてそれをマネする金持ちの商人の間では、普通に風呂に入る習慣がある。

もっとも、大量のお湯を沸《わ》かすのは大変だし、お金もかかるので贅沢《ぜいたく》扱いされるんだけどね。

でもこうして僕は風呂に入れているから、この時ばかりは貴族に転生できて、女神様にありがとうと言いたい。

脱衣所で衣服を脱いで、かけ湯をしてからお風呂に浸かる。

お風呂はやはり日本人にとってオアシスだよね。

「ふーー生き返るー！」

「何をおじさん臭いことを言っておられるのですか。まだ九歳児なんですから、もっと子供らしくしてください」

いきなり後ろから声をかけられ、驚いて振り向くと、そこにはレミリアが、一糸まとわぬ姿で立っていた。

あわわわわ……これ以上は子供は見てはいけません。

目をつむった僕を気にする様子もなく、何食わぬ顔をしてレミリアが湯船に入ってくる。

「ふー、やはりお湯はいいですね」

「レミリア、何を考えてるんだよ。僕は男の子なんだから、早く風呂場から出ていってよ」

「シオン様の体なら、小さい頃から隅々まで知っています」

「僕のことじゃなくて、レミリアが裸だからまずいって言ってるの」

「私ですか……シオン様には身も心も捧《ささ》げておりますので、別に気にしませんが」

「僕が気にするよ」

ガバッと立ち上がった僕は、早く逃げようと湯船から出る。

しかし、その腕を掴まれ、再び湯船の中へ。そしてギュッとレミリアに後ろから抱きしめられてしまった。

「今日は試作品の石鹸を使うのでしょう。このまま逃げたら実験になりません。私がシオン様のお背中を洗って差し上げます」

「わかったから、僕から離れて！」

僕は大声で叫んで、洗い場へ逃げ込んだ。

するとレミリアがすぐに飛んできて、僕から石鹸を取り上げる。

「一人で先に体を洗うのはナシです。私がお体を洗うと言っているではありませんか」

「よ……よろしくお願いします」

これは何を言っても彼女を説得するのは無理だと感じた僕は、素直に洗われることにした。

僕が持ってきた石鹸は、薔薇《ばら》の香りを追加したものだ。

レミリアが石鹸を泡立てると、ほのかな香りが漂ってくる。

「なんて泡なんでしょう。フワフワしていますよ」

「そんなことはいいから、早く洗ってよ」

「焦らない、焦らない。フフフ」

それから僕は、レミリアにいいように体の隅々まで洗われてしまったのだった。


脱衣所で服を着終えると、レミリアが風魔法を使って髪を乾かしてくれた。

レミリアはハーフエルフなので、風の精霊の加護を受けていて、風魔法がとてもうまいのだ。

さっぱりして髪も乾かしてもらった僕は、レミリアと一緒に浴場をあとにする。

そして廊下を歩いて私室へ戻る途中、ジョルドと会った。

「あれ？　シオン様からフローラルないい香りがしますね」

「今、この香水の成分が入ってる石鹸を使って体を洗ってきたからね。すごく汚れが落ちるから、ジョルドも使ってみる？」

「この石鹸を使えば、酒場の女性達も興味を持ってくれるかもしれませんね」

そう言って、レミリアは試作品の石鹸をジョルドに手渡す。

最近、夜になるとジョルドが邸を抜け出しているのは知っていたけど、酒場へ行っていたのか。

それにしても、なぜレミリアがそのことを知ってるの？

さすが元冒険者というか……優秀すぎてちょっと怖いと思うのは僕だけかな。

数種類の香水と石鹸が完成したので、試しに領都ディルスにあるロンメル商会の店舗で売り出してみることになった。

といっても、値付けがわからない僕は、レミリアに一任することにする。

すると、香水一本が銀貨三枚、日本円に換算すると約三千円。石鹸一つが銅貨五枚、日本円にして約五百円で販売することにしたようだ。

ちょっと値段が高いような気もするけど……

店舗で販売を始めて、二日で用意していた商品は完売。追加で商品が必要と言われ、僕は大いに驚いた。

どうやら領都でも比較的裕福な家庭のご婦人達が、香水と石鹸に興味を持ち、幾つも購入してくれたようだ。

そして、香水と石鹸の香りが女性達の間で話題となって、領都中へと一気に噂が広まったらしい。

ちょっとお試しで作ってみただけで数が少ないから、品薄《しなうす》になるのは仕方ないけど……それにしてもすごい売れ行きだよね。

これほどの人気なら、少し香水と石鹸の種類を増やそうかな。

そう考えている矢先に、父上から執務室へ呼び出された。

扉を開けて部屋の中へ入ると、父上とアレン兄上が真剣な表情で話し合っている。

そして僕を見るなり、父上が口を開く。

「シオン、香水と石鹸は残っているか？」

「え、ディルスの店にある在庫はもう売り切れちゃったけど」

「それは困ったな。貴族学院の女子達に香水と石鹸をプレゼントしたら大好評でね。売ってほしいと頼まれてるんだ」

困ったように両手を広げて、アレン兄上が僕に訴えてくる。

アレン兄上には香水と石鹸を各種渡してあったのに、もう女子達に配ってしまったのか。

既に商品の在庫もないので困っていると、父上が顔を曇らせる。

「シオン、新しい商品を開発した時は私に報告するようにと言っていたはずだ。香水も石鹸のことも、報告を受けていないのはなぜだろうな」

「あれ、報告していませんでしたっけ？」

そうとぼけたけど、実はすっかり忘れていただけだ。

すると父上が真剣な表情で、僕の両肩をガシッと掴んだ。

「香水と石鹸を早く作るんだ。それらの品をライオネル陛下へ献上する。ロンムレス宰相にも渡さねばならん」

「私も貴族学院の女子達から香水と石鹸を頼まれてるんだ。早く作ってもらわないと、僕の学院での立場が危うい。大至急で作るんだ」

「わかりましたー！」

切羽詰まった二人の迫力に慌ててコクコクと頷き、僕は執務室から飛び出した。

そして自室に戻るなり、レミリアに新しい香りの素材を調達しに行ってもらうことにしたのだった。

三日後、父上とアレン兄上から頼まれた分の香水と石鹸が完成した。

アレン兄上は、学院の女子に香水と石鹸を配ったことで、何とか学院内の立場を保持することができたそうだ。

そして父上は、王城へ向かうために嬉々として王都の別邸へと転移していって——そしてすぐに、ホクホク顔で戻ってきた。

そのままジョルドを呼び出し、ボーン食器工場の隣に、香水&石鹸工場を建設するように命じていた。

どうやらかなり、王城での評判がよかったらしい。

三週間後には工場が完成し、本格的に生産体制に入った。

量産された香水や石鹸は、まずは商業ギルドに卸すことになった。

ロンメル商会は引き続きボーン食器の販売で忙しく、香水や石鹸の販売までやるとなると、人手が足りなかったからだ。

なので、より多くのお客さんに届けるため、商業ギルド経由で、各商会でも買えるようにした。

しかしすぐに、生産が追いつかないほどの大ヒットとなった。

そんな状況もあって、瞬《また》く間に香水と石鹸の噂は広まっていく。

すると、それに便上するように香水、石鹸を大量に買い占めて、他の土地で高値で取引する商人まで現れ始めた。

しかし、ロンメル商会が商業ギルドへの卸値を下げているのは、一般の人達に安く商品を提供するためであり、転売する商人達に荒稼ぎさせるためではない。

僕、レミリア、ジョルドの三人は話し合い、ディルメス侯爵領にあるロンメル商会の店舗だけで香水と石鹸を売ることにして、商業ギルドには卸さないことを決めたのだった。

できるだけお客様には正規の安い値段で商品を買ってもらいたいからね。

第4話　謁見と新商品

そんなある日、父上から緊急で呼び出しがかかった。

慌てて執務室へ向かうと、また父上が真剣な表情で僕を待っていた。

「先日、ロンムレス宰相から伝令が来てな。それで王城に行って、宰相から話を聞いてきたのだが、私がライオネル国王陛下に献上した香水と石鹸が、セレーネ王妃殿下、フィーネ王女殿下に好評だったそうだ。それでぜひ、香水と石鹸を開発した者に褒美《ほうび》を取らせたいと王妃殿下が仰せらしい」

「それなら父上が褒美を貰えばいいのでは？」

「息子の褒美を父親が奪うわけにはいかん。それにロンムレス宰相がシオンのことを王妃様に伝えている。今更、私の功にはできない。そういうわけだから諦めて王城へ行くぞ」

なんだかボーン食器の時と同じようになっているような気がするな。


翌日の朝、僕と父上は姿見の転移ゲートから王都の別邸に移り、馬車に乗って王城にいるロンムレス宰相の元へと向かう。

そして宰相の執務室に着くと、そのまま来賓室に通された。

しばらく……というか二時間ほど待っていると、近衛兵が謁見《えっけん》の間へと案内してくれた。

元々日程しか指定されてなかったし、国王陛下は忙しいから、二時間で済んだと思うべきか。

大きな広間の中、玉座まで続く床には赤い絨毯《じゅうたん》が敷かれている。

玉座には威厳のある壮年の男性が座っている。

初めて顔を見たが、あの方がライオネル国王陛下だろう。

その隣の豪華な椅子には、目が覚めるような金髪美女が座っていた。恐らく王妃様だ。国王陛下と年齢はさほど変わらないはずなのに、二十代と言われてもおかしくない美貌《びぼう》だ。

そして王妃様の隣に座っているフィーネ王女様は、王妃様とよく似た美少女だった。

広間の中央まで歩いていくと、「今日は立ったままでよい」とライオネル陛下に言われ、僕と父上は立ったまま陛下と謁見することになった。

するとライオネル陛下が僕を見てにこやかに微笑む。

「ディルメス卿と子息であるシオン、此度《こたび》の香水と石鹸の開発、誠に大儀である。王妃が二人と話をしたいと申しておる。少し付き合ってほしい」

「仰せのままに」

すると、王妃様がグッと身を乗り出した。

「ディルメス卿、シオン君、あの香水と石鹸は素晴らしいものだったわ。おかげで毎朝、薔薇の香りに包まれて起きられるし、お風呂に入って石鹸を使うと肌がスベスベになって、若返ったような気分よ。まさに女性の憧《あこが》れ、女性の味方と言えるわ……全世界の女性達に香水と石鹸を使ってもらいたいほどだもの」

「過分なお褒めの言葉をいただき、ありがとうございます」

「それで、香水と石鹸をブリタニス王国の特産品として各国へ輸出したいの。周辺諸国との交渉は王城がいたしますから、香水と石鹸を王城に卸してもらえないかしら。それと、他にも美容に役立つような商品が開発できそうなら、それもお願いしたいわ。もちろん、商品開発にかかる費用の全てを王城が受け持ちます」

王妃様はニコニコと優しい笑みを浮かべる。

その笑顔に圧《お》されたように、ライオネル陛下が頬を引きつらせながら「そうだな」と言っていた。

あの反応からすると、王城が主体になって香水と石鹸を各国へ輸出することも、新しい商品開発への資金の援助も、ライオネル陛下は寝耳に水だったようだね。

なんだか予想の斜め上の展開になってるけど……これでいいのだろうか？

陛下の態度を気にすることなく、王妃様はニコニコと微笑んで話を続ける。

「それでシオン君、ディルメス侯爵領でお店を開いていると聞いているけど、王都でもお店を開いてみない？　ブリタニス王国の中心である王都で、香水や石鹸が売っていないとなれば、王都の住人達から抗議を受けることにもなりかねないわ」

香水や石鹸は既に、王家の方々や、兄上経由で貴族学院の生徒の間で話題になっていたりと、王都の一部の住人にも広まり始めている。

言われてみれば、王妃様が懸念している抗議がいつ出てきてもおかしくなさそうな気もする。

それに、ロンメル商会を大きくするには、王妃様の申し出に乗って王都に店を構えた方がいいかもしれないな。

考え込む僕に向けて、王妃様は拳《こぶし》を握りしめて言葉を続けた。

「王都にお店を持ったら、城を訪問する貴族達や、城で働いている貴族達もきっと商品を買ってくれるはずよ。町の金持ち達もこぞって買うことでしょう。もちろん、王都のお店も工場も王家で準備するわ。これについては、香水と石鹸を開発した褒美と思って受け取ってね」

「あ……ありがとうございます」

僕は恭《うやうや》しく頭を下げる。

すると王妃様の隣の椅子に座っていたフィーネ王女様が声をかけてきた。

「お城の中は仕事をしている大人ばかりだし、私はまだ十歳なので貴族学院にも通っていなくて、友達がいないの。シオン君、私とお友達になってくれませんか？」

王女様は僕より一つ年上なんだな。貴族学院は十二歳からだから、通うのは来年からかな。

年頃的には近いけど……家柄的には王家と侯爵家、それでつり合いが取れるんだろうか？

しかも、僕は成人になっても爵位を継げないから、いずれ侯爵家の邸を出ていくことになる。

そんな貴族でなくなるかもしれない僕が、王女様と友達になってもいいのだろうか？

下手をすると、不敬罪になったりしないかな？

困惑した視線を向けると、父上は小声で「自由にしなさい」と言う。

その言葉に後押しされ、僕はフィーネ王女殿下へニコリと微笑む。

「喜んで、よろしくお願いいたします」

「では、私のことはフィーネと呼んでね」

「それはちょっと……不敬になりますから……」

「そんなことは気にしないわ。私はシオンと呼ぶから、シオンはフィーネって呼んでね。友達なんだから、これは絶対よ」

「わかりましたフィーネ様」

「様はいらないの。フィーネと呼んで」

「それでは……フィ……フィーネ」

僕の言葉に満足したのか、フィーネ様、いやフィーネはにこやかに微笑んでいる。

それはいいのだが、ライオネル陛下が殺気のこもった視線を送ってきてとても怖い。

まぁ、王妃様がそんな陛下をジト目で見ているから、何か言ってくることはなさそうだけど。


それから、王都の店舗や工場についての細かいことは、父上と宰相とで話し合うことになって、僕達は謁見の間を出る。

衛兵に案内されるがままロンムレス宰相の執務室へ戻ってくると、宰相は僕達のために紅茶を用意してくれた。

それぞれにソファに座ると、宰相が難しい表情をして大きく息を吐く。

「謁見は無事に終わったようだな……それでは、私の用件を聞いてほしい。実は先日、ナブラスト王国の外交官が城を訪れてな。ボーン食器の噂を聞きつけたらしく、そちらにもボーン食器を卸してほしいと言ってきた。さらに、ナブラスト王国の王都ナブルに店を構えないかとも打診してきているのだ」

「ナブラスト王国は、つい先日も我が領土を攻めてきたばかり。そのような申し出を受け入れられるわけがない」

実際に戦場に出た父上が、不満そうにそう言う。

「それがな。その二つの条件を呑むなら、完全な停戦、そして同盟を結ぶことまで考えていると言われたのだ」

「同盟とは大きく出たな」

父上が表情を険しくする。

は？　……ボーン食器ってただの真っ白な食器だよね？

食器によって、国同士が停戦したり、同盟を組んだりするものなの？

ロンムレス宰相は神妙な面持ちで大きく頷いた。

「これは大変重要な案件だ。王城としては、ナブラスト王国と同盟を結ぶのはやぶさかではない。そうなれば有事の際に、トランスベル王国へ戦力を集中させることも可能だからな」

「我が領地も、国境付近で小競り合いが起こる度に出兵しないでよくなるわけか」

「うむ。これは千載一遇《せんざいいちぐう》の機会かもしれん。最終的な判断は陛下に仰ぐことになるが、ここは向こうの話に乗ってみてもよいのではと考えている」

その後、ロンムレス宰相と父上との間の話し合いは続き、陛下への報告と外交官との交渉が無事に終わり次第、父上と僕が、ナブラスト王国の王都ナブルへ向かうことになった。

王都にロンメル商会の店舗を出店する件については、諸々の準備を王城に任せることになった。

僕達がナブラスト王国から戻ってくるまでに、工場となる建物の建設と、店の場所の選定は済ませてもらえるようだ。

そうして僕と父上は王城をあとにし、王都の別邸にある転移ゲートから、ディルメス侯爵領の本邸へと戻ったのだった。


その翌日、執務室で父上と一緒に旅の予定について話し合っていると、扉が開いてアレン兄上が姿を現した。

「父上とシオンだけナブラスト王国へ行くのはズルいです。私も同行してはダメでしょうか？」

「アレンは貴族学院で勉学があるだろう」

「でも、ナブラスト王国へ行けば、父上は交渉事などで色々と多忙になるはずです。その間九歳のシオンを一人にしておくんですか」

「その心配はいりません。シオン様の行く所、私が必ず同行いたしますから」

父上に詰め寄るアレン兄上の隣に、いつの間にかレミリアが立っていた。

そして二人は顔を近づけて、どちらが旅に同行するか主張し合う。

うーん、喧嘩《けんか》なんてしないで、二人とも一緒に行こうよ。

人数が多い方が楽しいはずだよ……きっと……わかんないけど……


ライオネル陛下に謁見してから一ヵ月が過ぎた頃、ロンムレス宰相からの封書を持った早馬が、王都の別邸にやってきた。

手紙の内容は、ライオネル陛下の承認を得たので、ナブラスト王国の王都ナブルへ向かうようにというものだ。

封書の中には、ナブラスト王国の王城からの招待状も入っていた。

ブリタニス王国の王都ブリタスがあるのは王国の東側で、海に近い。

そのため、ナブラに向かうには、一度海に出てから船を使うのが早いそうだ。

というわけで、僕、父上、レミリアの三人は旅支度を整え、ブリタスの別邸から馬車に乗り込み、港町へ向かうことになった。

ちなみにアレン兄上は結局、学院をさぼれないということで、残っている。

決してレミリアとの言い争いに負けたわけではないからね。

港に到着した僕達は、馬車を預け、三本マストの帆船《はんせん》に乗り込んだ。

この世界ではガレー船が主流なんだけど、最近になって、大型の帆船が数を増やしているらしい。

そして、三本マストの帆船は王家専用の帆船だったりする。

そんなのに僕達が乗っていいの？

船長が言うには、わざわざ僕達をナブラスト王国の王都へ送るためだけに準備を整えたという。

待遇のよさに驚くばかりだけど……あとで何か請求されたりしないよね。

無事に出航して三時間ほどが経過したところで、海を見ているのに飽きた僕は、船室で休んでいた。

すると船室の扉が静かに開いて、フィーネが飛び込んできた。

「シオン、会いに来たわよ」

「えーー、どうして王女殿下がこんな場所にいるんですか？」

「私のことはフィーネって呼んでと言ったでしょ」

そう言って、フィーネはプリプリと頬を膨らませる。

フィーネは美少女だから、怒った表情も可愛いだけに対処に困る。

「フィーネ様、お立ちになっていたら、船の揺れで転ぶことがありますので、シオン様の隣にお座りください」

「そう、ありがとう」

僕の隣で座っていたレミリアが立ち上がり、フィーネがピョンとそこに座る。

その様子を見てレミリアは微笑むと、「フィーネ様の伴《とも》の者を探してきます」と言って船室から

出ていった。

いきなりフィーネと二人っきりにされても困るんだけど……

僕は大きく息をつき、フィーネから体を離して座り直す。

「どうやって船に乗り込んだの？」

「城の中に、船へ運ぶ荷が置いてあったの。だからその荷の中に隠れてきたのよ」

「ということは……お伴の人は誰もいないってこと？」

「そうね。私って城を抜け出すのが得意なの」

悪戯《いたずら》っ子のように、フィーネはニッコリと微笑む。

これはとんでもないお姫様に気に入られてしまったぞ。

というかこれ、王城の方ではとんでもない騒ぎになってるんじゃ……？

この場をどのように乗り切ろうか悩んでいると、バタンと大きな音を立てて扉が開いた。

そして、鎧《よろい》を着込んだイケメンが疲れた表情で現れる。

「フィーネ様、やはり船に乗っておられたのですね。城で見失ったので、念のため乗り込んでいてよかった」

「どうしてエドワードがここにいるのよ。せっかく撒《ま》いたと思ったのに」

「今までどれだけフィーネ様に苦汁をなめさせられてきたことか。私だって少しは学習しますよ」

どうやらこのイケメン騎士は、エドワードさんというらしい。

彼から話を聞いてみると、フィーネ専属の近衛騎士ということだった。

しかし専属になってから二年は経っているが、おてんばなフィーネがいつも監視の目をかいくぐり、王都へ出かけてしまうんだとか。

そのせいで、いつもフィーネの代わりにロンムレス宰相から叱責《しっせき》を受けていたそうだ。

なるほど……エドワードさんがこの帆船に乗ったのも、今までの二年間、フィーネとの追いかけっこで培われた経験と研ぎ澄まされた勘によるものか。

めちゃくちゃ苦労してるんだろうな……お疲れ様です。

するとエドワードさんの後ろからレミリアが顔を出し、フィーネに声をかける。

「お伴の人がいてよかったですね」

「まだ何にも遊んでないわ」

「さあ、フィーネ様、私達は別の船室です。ご迷惑になりますから帰りますよ」

「えーー、ヤダーー！」

フィーネは抵抗していたが、エドワードさんは彼女の腕を掴んで部屋から出ていった。

そんな二人の姿を見届け、僕の隣に座ってレミリアは嬉しそうに微笑む。

「やっと落ち着けますね。私が添い寝してあげますから、ゆっくりと休んでください」

「いやいや……急に父上と話したくなったな。僕、ちょっと父上の様子を見てくる」

そう言って、僕は逃げるように船室から飛び出した。

体は九歳だけど心は大人だから、レミリアに添い寝されたら、ドキドキと緊張で眠れないよ。

船は太陽が沈む前まで航行を続け、夜には錨《いかり》を下ろして船を固定させて夜明けを待つ。

いくら王室専用船の船員達も、夜間に船を動かす訓練はしていないからね。

真夜中に目が覚めて、甲板を覗いてみたけど、海原《うなばら》は真っ暗で何も見えず、暗闇に吸い込まれそうな気がして、ちょっと怖かった。


次の日の夜明けと共に船は動き始め、昼前にはナブラスト王国の王都にほど近い港町、ダキアに到着した。

帆船は僕達が戻ってくるまで出航しないで、ダキアの港に停泊したまま待っていてくれるらしい。

フィーネ達を送り返すのかと思っていたから、少し驚いた。

それならフィーネ達は帆船に残るのかと思ったけど、なぜか僕達と一緒にナブラスト王国の王都ナブルへ向かうことになった。

どうやらフィーネのわがままに、エドワードさんが根負けしたようだ。

そうして僕達がダキアの町を馬車で出発し、五時間ほど経った頃……少し険しい山岳地帯に差し掛かった。

凸凹《でこぼこ》に荒れた街道を馬車が進んでいると、周囲の樹々が騒《ざわ》めき出し、遠くの方から魔獣の遠吠《とおぼ》えが聞こえてくる。

そのことに気づいたレミリアが、目を細めて警戒の声をあげた。

「魔獣の濃い気配がします。エドワード様はフィーネ様をお守りください。シオン様はダイナス様の近くを離れないように」

レミリアはすっと立ち上がると、銀色の長い髪を後ろで一つにまとめ、馬車の外へと飛び出していった。

慌てて馬車の窓から外を見ると、馬車と並走しながら、レミリアがいつの間にか腰から片手剣を抜いている。

周囲の林の中に目を向ければ、彼女の言ったように、魔獣のような影が何体も走っていた。

……あの影の形と数からすると、ウルフ系の魔獣だろうな。

ウルフ系の魔獣は一体だとあまり強くはないが、群れで襲われるとベテラン冒険者でも対処するのは難しいと、レミリアから聞いたことがある。

そうこうしているうちに、林の中に隠れて並走していた魔獣が、茂みを越えて一気に姿を現した。

額に星形の模様がある……ということは、キラーウルフか。

この世界の森に出没する魔獣は、冒険者ギルドで脅威度がランク付けされている。

例えば、ゴブリンは最低ランクのGで、そこからF、E、D、C、B、A、Sと上がっていく。

ドラゴンはA、エンシェントドラゴンはSといった具合だ。

キラーウルフは単体ではDランクの魔獣だけど、群れとなるとCランクに跳ね上がる。

キラーウルフの群れに囲まれ怯《おび》えきった馬達が、「ヒヒィーン！」といななないて、馬車は急停止した。

馬車が走っているうちは、キラーウルフに襲われても逃げ切れたかもしれないけど、馬車が止まってしまっては、キラーウルフを討伐するしか助かる方法がない。

心の中で戦う覚悟を固めていると、僕の髪を撫《な》でて父上が椅子から立ち上がった。

「エドワード、私と共に来るのだ。あの魔獣どもを蹴散《けち》らしてみせよう。シオンは馬車の中に残ってフィーネ様をお守りしろ。決して王女殿下に怪我を負わせてはいけないぞ」

「ディルメス卿、お伴いたします」

父上とエドワードさんは頷き合うと、馬車の扉を開けて外へと走っていった。

僕は扉を閉め、フィーネと二人で馬車の窓から外の状況を窺う。

馬車の外では父上とエドワードさんが互いに背中を合わせ、襲いかかってくるキラーウルフを剣で斬り裂いている。

少し遠くでは、レミリアが風魔法を操り、キラーウルフ三体を吹き飛ばして馬を守っていた。

父上、レミリア、エドワードさん、御者の兵士と、四人とも奮戦しているけど、キラーウルフの数が多すぎて、なかなか追い払うことができない。

その様子を見て、怯えるフィーネの手を僕は両手で包む。

「僕も戦いに行こうと思うんだ。フィーネ一人になっちゃうけど、扉を閉めてじっとしてるんだよ」

「そんなのイヤよ。シオンまで外へ行っちゃったら、私一人になるじゃない。そんなの怖いわ」

「うん、怖いよね。でも今は、一人でも多くキラーウルフと戦わないと、誰かが怪我をすることになるかもしれないんだ。フィーネはいい子だからわかってくれるよね」

「私の方が一歳年上なんだから子供扱いしないで。馬車の中でじっとしてるぐらい私にだってできるわ」

泣きそうな表情をするフィーネの髪をそっと撫で、僕は意を決して馬車の扉を開けて外へと飛び出した。

そして腰のポーチから、魔法陣の描かれた羊皮紙を取り出す。

この腰のポーチはマジックバッグになっていて、父上が旅に出る前に僕にプレゼントしてくれたものだ。

マジックバッグとは、この世界の魔道具で、見た目は普通の鞄《かばん》だけど、部屋一つ分ぐらいのものは何でも収納できる優れものだ。異世界モノの小説で見るような時間停止や時間遅延の機能はついてないけどね。

そんなマジックバッグの中には、こういう時のために色々と用意してあるのだ。

僕だって異世界を旅することが、どれだけ危ないか認識している。

異世界を旅することがあれば、魔獣や野盗に襲われてもおかしくないからね。

今回は、【暴風】の魔法陣を用意してきた。

僕の《万能陣》は基本的に、触れたものを変化させる効果しか持たない。

なので、いわゆる火魔法や土魔法みたいなものは使えないんだけど、転移ゲートを作った時のことをヒントにした。

つまり、魔法陣が空気に触れていると捉えれば、その空気に変化を与えて、風を起こすことができるんじゃないかと考えたのだ。

そうして実験してみたところ成功したので、こうして持ってきたというわけだ。

僕はキラーウルフ五体が固まっている所に羊皮紙を広げて向け、魔法陣に魔力を流す。

すると魔法陣が光り輝き、その中央から竜巻のような暴風が発生し、キラーウルフに向けて吹きつけた。

暴風に巻き込まれたキラーウルフ達は、空の彼方《かなた》まで吹っ飛んでいく。

「まだまだやるぞ！　ウォオオオーー！」

馬車の周囲に散らばるキラーウルフを狙って、体の向きを変えながら、僕は手に持っている羊皮紙の魔法陣へ魔力を流していく。

魔法陣から噴き出た竜巻は、次々とキラーウルフを吹き飛ばしていった。

そうして周囲からキラーウルフの姿が消え、残っているのは父上、エドワードさん、レミリア、御者の四人、それと斬り殺したキラーウルフの屍《しかばね》だけになった。

もう戦う必要はないと思った瞬間——僕の意識は遠くなっていき、その場で倒れた。

遠くでレミリアが必死に僕を呼んでいる声が聞こえてくる。

「シオン様、シオン様、しっかりしてください！　シオン様！」

すごく眠い……少し休ませて……ほしい……


どれぐらい眠っていたのだろうか、目覚めると、見知らぬ豪華な部屋に寝かされていた。

そして、なぜか僕のベッドの上でレミリアがうつ伏せで眠っている。

僕が上半身を起こしてゴソゴソと体を動かすと、レミリアが目を覚ました。

「やっとお目覚めになられたのですね。魔力を枯渇させて倒れたのですよ。あまり心配させないでください」

「ごめん……次からは気をつけるよ」

《万能陣》のスキルで描いた魔法陣を使えば、ああやって風を起こすこともできるんだけど、僕の魔力は人並みだからね。

あれだけバンバン、【暴風】の魔法陣を使えば、体の中の魔力が枯れるのも頷ける。

魔力が枯渇すれば、意識が朦朧《もうろう》としてきて、今回のように意識を失うこともあるし、最悪の場合は命を失う危険もある。

これから魔法陣を使う時は、魔力の残量には気をつけよう。

口調は厳しいけど、僕を見るレミリアはホッとしたような安堵《あんど》の表情をしていた。

よほど心配かけたんだろうな……ちょっと反省しないといけないね……ごめんなさい。

それからレミリアが教えてくれたところによると、どうやら僕はナブラスト王国の王都ナブルの高級宿に運び込まれたらしい。

この宿はナブラスト王国の王家が用意してくれたもので、詰所の警備兵が宿まで案内してくれたという。

なんだか、いたれりつくせりの待遇で、何か裏がありそうで怖いんですけど……

その日の夕食は海鮮や肉などの豪華料理が並び、僕達はお腹がいっぱいになるまで食事を堪能《たんのう》した。

父上とエドワードさんはすっかり意気投合したようで、エール酒を酌《く》み交わしている。

「最近、シオンが色々やらかすので、安心しておられんのだ」

「フィーネ様のいたずらに比べたら、可愛いものですよ」

二人が話している内容は、僕とフィーネの愚痴なので、ちょっといただけないけどね。

色々とご迷惑をおかけして、なんだかすみません。

翌日、僕と父上はナブラスト王国の王城へと向かった。

フィーネも一緒に王城へ来るとややこしくなるので、彼女は高級宿でお留守番だ。

また、勝手に出かけるかもしれないので、エドワードさんとレミリアが宿に残って彼女を監視している。

ナブルの王城は円形の高い壁に囲まれ、先端が丸い六個の塔がそびえる立派な城だった。

僕と父上が来賓室で待っていると、近衛兵が部屋まで来て、謁見の間へと案内してくれる。

広間に入ると、玉座には美少女が座っていた。

小さい頭に冠《かんむり》を被って、華奢《きゃしゃ》な体にぶかぶかの豪華なローブを羽織っている。

その隣に痩身《そうしん》の男が立っていて、たぶん、あの人が宰相だろう。

彼女の前まで歩く途中、父上が小声で教えてくれる。

「ナブラスト王国の前国王のダンシェル国王は、三年前に亡くなっていてな。それからは、マリナ王女殿下が王位を継がれ、今は女王となっている。隣にいるのは前国王の頃からの忠臣、ロレット宰相だ」

そういうことはもっと早く教えてくれないかな！

ある程度の周辺国の情報は貴族として勉強しているとはいえ、僕は家を継ぐことはないから、そこまで詳しい情報については知らないんだ。

思わずびっくりしちゃったよ。

僕と父上は広間の中央まで歩いていき、胸に手を当て軽く礼をする。

あくまでも僕達は敵対国の使者なので、臣下のような礼はいらないと言われていた。

「ナブラスト王国まで呼んでいただき感謝いたします。私はブリタニス王国のディルメス侯爵、隣にいるのは息子のシオンです」

「うむ。わらわが女王のマリナじゃ。此度は我が王国までの旅路、大儀であった。詳しい内容はロレット宰相から説明するのじゃ」

そう言って、マリナ女王は片手を伸ばして、ロレット宰相を指差す。

その行動にロレット宰相は眉《まゆ》をひそめた。

「人を指差すのは止《や》めていただきたいと何度も申し上げているでしょう。それでは本題に入らせていただく」

ゴホンと咳払《せきばら》いを一つして、気を取り直した宰相は言葉を続けた。

「さて、今回お呼びした理由だが、ボーン食器についてだ。ブリタニス王国の王城を通さず、直接ナブラストの王城にボーン食器を卸していただきたい。それと、王都ナブルにボーン食器を販売する店舗を構えていただきたい。運搬費用、店舗費用、その他の経費はこちらで負担する。この二つの条件を呑むのであれば、ナブラスト王国としてはブリタニス王国と同盟を結ぶ用意がある」

直接商品を卸すとは聞いていなかったけど、ロンムレス宰相から聞いていた話とほとんど同じだ。

ブリタニス王国の王城を通すと、仲介料を取られるからだろうな。

僕としては、商会が儲かるし戦争もしなくてよくなるしで破格すぎるように思えるけど……

宰相の話を聞いて、父上は一つ咳払いをする。

「そちらに商品を卸す件については、私に全て一任されている。ボーン食器については、息子のシオンが代表を務めるロンメル商会の商品なので、そちらからナブラスト王国の王城へ卸し、店も構えることになるでしょう。これで二つの条件はクリアしますな」

「なるほど、ボーン食器についての全てのことはディルメス卿のご子息、シオン殿が全責任を負うということでよろしいか？」

「その件については私、ディルメス侯爵とブリタニス王国の王城が後ろ盾となる」

え……父上と王城の後ろ盾は嬉しいけど……それって実質的に責任を負うのは僕だよね。

父上の回答を聞いて、満足そうにマリナ女王はニッコリと微笑む。

「先の国王であるわらわの父上は、武闘派であったからのう。どの国にも戦争を仕掛けようとしていたが、わらわは違う。これからは商いに力を入れて、自国を発展させ、経済によって国々と繋がる時代じゃとわらわは思っておる。それにブリタニス王国と同盟を結べば、ナブラスト王国も半島の南部から攻撃をされずに安泰じゃからのう」

マリナ女王にはそんな大きな理想があったのか。

僕と同じ年頃の少女なのに、既に王国の発展を考えているなんてスゴイな。

船に隠れて乗り込んできたフィーネとは大違いだ。

しかしそんなマリナ女王の言葉を聞いて、父上が難しい表情をする。

「ほう……？　数ヵ月前にブリタニス王国の北部にある我が領地が、国境に現れたナブラスト王国軍により脅かされたのですが、女王陛下の指針とかけ離れていますな」

「そのことについては、わらわから謝罪する。ブリタニス王国に接する領地を持つルグダン辺境伯は前国王の忠臣でな。未だに前国王の方針に従っているのじゃ。王城からも戦は控えよと申し伝えてはおるが、言うことを聞かぬのじゃ」

だから国境にナブラスト王国軍が出兵してきたわけか。

父上にしてみれば、ルグダン辺境伯は迷惑な存在だな。

頃合いを見計らっていたロレット宰相は、大きく頷くと片手を広げる。

「ナブラスト王国とブリタニス王国との同盟については、後日に我が王国の外務副大臣がブリタニス王国を訪問し、契約を締結《ていけつ》といたしましょう。此度の謁見は以上となります」

こうして、マリナ女王との謁見はつつがなく終了した。


謁見の翌日、僕達が宿の部屋で休んでいると、一人の騎士が宿を訪れた。

どうやら既に店舗の予定地は決まっているらしく、そこへ連れていってくれるらしい。

父上は昨日に引き続き、ロレット宰相と今後についての打ち合わせをするために、王城に出向いている。

なので今回店舗予定地に行くのは僕、フィーネ、レミリア、エドワードさんの四人だけだ。

皆で部屋を出て階段を下りていくと、鎧を着た大柄な騎士が姿勢正しく立っていた。

その後ろから、ひょっこりとマリナ女王が顔を出す。

「じゃーん。驚いたであろう」

俺はびっくりしつつ、平静を装いながら答える。

「一国の女王様がほいほいと気軽に城を抜け出ていいんですか？」

「ここはわらわの国じゃ。だからわらわは自由にしてよいのじゃ。わらわを止められる者など存在せぬからのう」

「あまり聞き分けがないとロレット宰相に言いつけますよ」

大柄の騎士がジロリとマリナ女王を睨むと、彼女は頭を両手に抱えてイヤイヤと首を振る。

「ううぅ……それはダメなのじゃ。告げ口されると後でキツイお仕置きをされるのじゃ」

うーん、ここにもフィーネとそっくりの女の子がいたよ。

どうして僕の周りの女子は、活発な子が多いんだろう。

まあ、僕も九歳で遊び盛りだから、遊びたい気持ちはわかるけどさ。

おてんばな女王陛下のお守りをするロレット宰相も大変だね。


僕達四人はマリナ女王達と共に宿を出て、町の大通りへ向かった。

マリナ女王に同行している騎士の名前はグスタフさん。

ナブラスト王国の近衛騎士団長なのだそうだ。

グスタフさんとエドワードさんは同じ騎士ということもあり、すぐに打ち解けて話をしている。

二人とも苦労人同士だろうから意見が合うんだろうな。

左腕をフィーネ、右腕をマリナ女王に絡まれている僕は、とても歩きにくい状態なんだけど、レミリアは気づかないフリをして助けてくれそうにない。

六人で大通りをまっすぐに歩いていくと、他の建物よりも二倍ぐらい大きい建物があった。

それを指差して、マリナ女王が薄い胸を張る。

「ここがシオンのために用意した店舗じゃ。五階建てじゃぞ。王都の中でもここは一等地じゃ。すごかろう、感謝するがよい」

「あ……ありがとうございます」

確かにすごく立派なんだけど、ボーン食器だけの販売だとなったら、店内がスカスカにならないかな？

香水や石鹸の各種も置いておいた方が見栄えがよさそうだね。

玄関から中へ入ると、既に陳列棚やカウンターが設置されていた。

天井には豪華なシャンデリアが吊《つ》るされているけど、これはやりすぎじゃないだろうか。

エドワードさんとグスタフさんを一階に残し、僕達は階段を上っていく。

二階は倉庫になっていて、三階に上がると、使用人達の控室と休憩室、それに更衣室まで作られている。

四階は僕の執務室と使用人達の執務室。そして五階は僕専用の私室とリビング、それに客室もあり、お風呂も完備されていた。

レミリア、フィーネ、マリナ女王の三人をリビングに残し、僕は一人で私室を色々と調べる。

ベッド、机、衣装棚、姿見、ほとんど生活に困らないぐらいの設備は整えられていた。

そして姿見の前に立った時、ふとある思いつきが頭の中に浮かぶ。

机の引き出しの中にあったペンとインクを持ち出し、姿見に《万能陣》のスキルで【転移ゲート】の魔法陣を描いていく。

できあがった魔法陣に魔力を流すと、姿見の内側がグニャリと歪み、転移ゲートに変化した。

これでディルメス侯爵領の本邸と王都ブリタスの別邸へ転移できるはずだ。

実験をするため、姿見のゲートから王都の別邸へ転移すると、アレン兄上がビックリした表情をする。

「シオン、どこから転移してきたんだ？　父上と一緒にナブラスト王国の王都へ向かったはずだろ？」

「向こうで店舗用の建物を貰ったんだ。だから商品を運ぶのに、転移ゲートがあった方が楽かなと思って」

「……それはそうかもしれないが……」

アレン兄上と話をしている時、姿見の転移ゲートから、マリナ女王、フィーネ、レミリアの三人が現れ、僕を押し倒す。

僕の部屋には入ってこないと思ったから転移ゲートを作ったのに！

「鏡の中に部屋が！　ここはどこなのじゃ！」

「まさか異世界！　ここは鏡の中の世界なのよ！」

「二人とも、僕の体の上からどいてください！」

僕の背中の上で、マリナ女王、フィーネが興奮して騒ぎ出す。

それを見ていたレミリアが、僕を助け出してくれた。

初めて二人を見たアレン兄上は、不思議そうに首を傾げる。

「この少女達は誰だい？」

「ナブラスト王国のマリナ女王陛下とブリタニス王国のフィーネ王女殿下です……」

「弟のシオンがご無礼をー！」

アレン兄上は素早く体を移動させ、僕の頭を押さえつけて、二人で土下座の姿勢をとる。

その様子に気をよくしたのか、マリナ女王は頬に片手を添えた。

「よいよい。既にシオンとはお友達じゃ。友人を罰するようなことはせん。それにシオンよ。もう敬語でなくてよいぞ」

するとそんな彼女に、フィーネがつっかかる。

「シオンと友達になったのは私が先なんですー！」

「先ほどから黙っておったが無礼な女子《おなご》じゃの。わらわはナブラスト王国の女王ぞ。控えよ！」

「私だってブリタニス王国の王女よ。失礼なのはあなたじゃない！」

二人は顔を近づけて、目から火花を飛ばし合う。

このままではブリタニス王国とナブラスト王国の外交問題にもなりかねない。

僕とアレン兄上が、どうしたらいいかアワアワしていると、レミリアがフィーネとマリナ女王の頭をスパパパンと手のひらで張り倒す。

「落ち着いてください。シオン様がお困りになります」

うーん、この女子達の中で一番強いのはレミリアかもしれないな……彼女に逆らうのだけはやめておこう。

そこから、二人が少し落ち着いたのを確認して、僕は自分の固有スキルと転移ゲートについて説明した。

するとマリナ女王がニヤリと笑う。

「ほう、稀有《けう》な魔法を使えるようじゃな。転移魔法の使い手とは賢者タナカの再来かのう。このことが世間に知れれば、グランタリア大陸の国々がシオンを求めて殺到するぞ。なにせ転移魔法があれば、どんな場所にでも一瞬のうちに行けるし、出入り自由じゃからのう。暗殺ギルドなどは喉から手が出るほどに欲しい能力じゃ」

暗殺ギルドなんて、関わりを持ちたくないよ。

僕は慌ててマリナに言う。

「僕がやったことは魔法陣を描いただけで、転移魔法の能力は持っていないんだけど」

「転移できれば同じことじゃ」

これからの一生を、誰かに追われ続ける生き方はしたくない。

できるだけ信頼できる人にしか教えないようにしないと……

そしてこの場は誠心誠意、二人に頭を下げて、秘密にしてもらうように訴えるしかない。

「マリナ女王陛下もフィーネも、僕が転移ゲートを作れることを黙っていてほしいんだけど……」

「ならば、この姿見の転移ゲートをわらわの部屋にも設置せよ。さすればこのことは、グスタフ以外に口外せぬ」

「右に同じよ！　マリナ女王陛下に大賛成だわ！　私の部屋にも転移ゲートを置いてくれたら、私もエドワード以外には黙っていてあげるわ」

マリナ女王とフィーネがとんでもないことを言い出した。

そのことに愕然《がくぜん》として固まっていると、アレン兄上が僕の肩に手を置く。

「これは不注意だったシオンが悪い。見つかったのが、フィーネ王女殿下とマリナ女王でまだよかったと思うぞ。ここは素直に二人の言う通りにした方がいい」

「はい、そうします……」

警備のことを考えれば、グスタフさんやエドワードさんには伝えておいた方がいいのは確かだから、その二人に伝わるのも諦めよう。

「なかなか話のわかる兄上ではないか」

「シオンのお兄さん、優しいしイケメンだわ」

「そうですか、照れるなー」

なぜかマリナ女王、フィーネ、兄上の三人がハイタッチしている。

その姿に理不尽を感じるのは僕だけだろうか。

緩んだ雰囲気を引き締めるように、レミリアがパンパンと手を叩いた。

「三人とも、お話はそれぐらいで。早く王都の店舗へ戻らないと、騒ぎになりますよ」

「「「はーい」」」

アレン兄上に別れを告げ、僕達四人は姿見のゲートを潜り、店舗の五階の私室へと戻った。

一階へ行くと、グスタフさんがマリナ女王に声をかける。

「次の公務が控えております。至急で王城へお戻りください」

「おお、もうそのような時間であったか。楽しい時間はあっという間に過ぎてしまうのう。シオン、例のモノ、忘れるでないぞ。ではさらばじゃ」

小さく手を振りながら、マリナ女王はグスタフさんを伴い一足先に店舗の建物から去っていった。

それから少しして、僕、フィーネ、レミリア、エドワードさんの四人は、大通りを歩いて宿へと戻ったのだった。

……ちなみに翌日、宿を訪れたグスタフさんによって王城に連行された僕は、城の最上階にあるマリナ女王の私室で、彼女の私物である姿見を改良して、転移ゲートを設置することになった。

宿に戻ると、レミリアとフィーネから事情を聞いた父上が烈火のごとく怒っていた。

まぁ、ゲートのことはできるだけ内密にという話だったからね。

夜遅くまで説教が続いたことは言うまでもない。


その二日後、父上と宰相の話し合いも終わったということで、僕達はブリタニス王国へ帰国することになった。

帰路も大きな問題はなく、無事に王都に辿《たど》り着き、フィーネ達は王城へ戻っていった。

それから僕達が王都の別邸から転移ゲートを潜って、久しぶりにディルメス侯爵領の邸へ戻ってくると——いきなりジョルドが泣きついてきた。

「今の工場の大きさでは、香水と石鹸の量産が追いつきません。シオン様しか魔法陣を作れませんのでお待ちしていたのです。さあ、私と一緒に一刻も早く工場へ行きましょう」

一応、旅に出る前に魔法陣の量を倍にしておいたんだけどな。

まだ生産量が足りないなんて、どれだけ大盛況なんだよ。

僕は急いで自室に戻ると《万能陣》のスキルで羊皮紙に魔法陣を描いて、ジョルドと一緒に工場まで持っていった。

これで当分の間はカバーできるだろう。

ナブラスト王国に卸す分の商品も増えるけど、王都に建設される工場もあるから、何とかなると思う。

それにしても、こんなに忙しくなるとは予想もしていなかったな。

店舗も沢山増えるし、誰か有能な人を雇わないとダメかもしれないね。

第5話　採用面接

ナブラスト王国から戻ってきた僕はとにかく忙しかった。

父上がロンムレス宰相にナブラスト王国の王城での経緯を報告すると、そのままライオネル陛下まで伝わり、無事に同盟締結に向けて準備を進めることになった。

ちなみに、僕はフィーネに呼び出され、城の最上階にある彼女の部屋での私室の姿見を、《万能陣》を使って転移ゲートに改良することになった。

その翌日、王都の工場建設の予定地へ行ってみると、既に建物の外観は作られていたので、僕は工場に必要な魔法陣をせっせと描くことにした。

建設中に王城の方で人員を集めてくれていたので、二週間後には工場も稼働し、店も営業を開始した。

さらに一週間が経つ頃には商品も大量に生産できたので、ナブラスト王国へ船での出荷も始まった。

ナブルでの店舗も、これで営業を開始できるだろう。

ちなみにブリタスとナブルの店員については、それぞれの王城が使用人を派遣してくれている。

今のところは問題ないけど、いつまでも王城に迷惑をかけられない。

それに店や工場も増え、その分の事務処理も増えてきた。

最近では、レミリアとジョルドは商業ギルドや王城との調整に追われ、僕よりも忙しそうに、あちらこちらへと飛び回っていたし、そろそろ手が回らなくなりそうだ。

そもそもジョルドは父上の補佐をする執務長だから、いつまでも彼を借りているわけにもいかない。

かといって全ての管理をレミリアに任せるのは可哀想だし。

そうなると……店舗管理ができる人や、事務処理や交渉事ができる有能な人材が必要なんだよね。

それじゃあ、どうやって有能な人材を探すか。

僕は私室の床に羊皮紙を敷き、その上に《万能陣》のスキルで【鑑定付与】の魔法陣を描く。

この世界には、人やものの情報を見ることができる鑑定という能力や、それと同じ機能を持つ魔道具が存在する。

ただ、僕はその能力を使えないし、魔道具も持っていない。

そこで頼りになるのが《万能陣》だ。

父上の蔵書で、鑑定の魔道具の仕組みは知っているので、自分で鑑定の魔道具を作ればいいのだ。

かといって、あからさまに鑑定をしていることがバレては、応募者も気分はよくないだろう。

ということで、今回使うのは、何の変哲もない帽子。

部屋にあった適当な帽子を魔法陣に載せた僕は、魔力を流す。

そうしてその帽子を被ってみて、部屋の端で僕の様子を見守っていたレミリアを見る。

すると無事に、レミリアの名前やスキルなどが、脳内に浮かぶようになった。

これで被るだけで鑑定ができるようになる『鑑定帽』の完成だ。

「よし、これで面接ができるぞ?」

するとレミリアが首を傾げる。

「それでどうやって面接をするのですか?」

「まぁ、任せておいてよ。面接は王都の別邸でやろうと思ってる。王都の方が人が多いからね」

「それではジョルドに伝えて、面接会場の準備をしてもらいましょう。私が王都中に宣伝いたします」

宣伝と言っても一人でどうやって? 王都って広いよね?

そう思っていると、レミリアが微笑む。

「冒険者ギルドや商人ギルドなど、王都にある各ギルドの掲示板に面接の告知を貼っておきます。そうすれば、ギルドに来た者達の目につくはずですので」

さすが有能なレミリアだ、彼女に任せておけば大丈夫だろう。


僕とレミリアが王都に移動してリビングへ行くと、なぜかアレン兄上、マリナ女王、フィーネの三人が紅茶を飲んでいた。

「二人とも、どうして兄上と紅茶を飲んでいるの？」

「うむ、わらわの公務が一つ終わってのう。休憩がてらにこちらに来ておったのだ」

「城にいたら、勉強しろって言われるから逃げてきちゃった」

マリナ女王は仕事を終わらせてから来ているからいいけど、フィーネはお勉強を抜け出したらダメでしょ。

僕が困り顔をしていると、兄上が優しく微笑む。

「まあ、来てしまったものは仕方ないよ。それよりもシオンは何をしに来たんだ？」

「そうそう、今からレミリアと二人で人材募集の宣伝をしに行こうと思ってね」

「宣伝？」

不思議そうな表情をするアレン兄上へ、ロンメル商会が人員不足のため有能な人材を集めることになった経緯を説明する。

するとマリナ女王とフィーネの二人が目を輝かせる。

「各ギルドへ宣伝しに行くのか。それは面白そうじゃ。わらわも連れていけ」

「私、ギルドに行ったことがないの。とても興味があるわ」

「二人もこう言ってるし、皆で一緒に王都にある各ギルドへ宣伝しに行こうか」

遊びに行くわけじゃないんだけどな。

なんだかイヤな予感がするのは僕だけだろうか？

かといって二人の申し出を断ることもできず、僕達五人は王都の別邸を出る。

他国の女王様や、この王国の王女殿下が町中を歩くのはマズいと思うんだけど、二人が言い出したことだから、僕が止められるわけがない。

大通りを歩いていると、マリナ女王が楽しそうに周囲をキョロキョロと見回す。

「ナブル以外の王都に来たのは初めてじゃ。ブリタスは亜人が多いのう。海洋族《かいようぞく》など初めて見たわ」

ナブラスト王国は人族至上主義ではないが、人族を優先的に保護している国である。

一方でブリタニス王国は人種差別はなく、どのような種族にも平等なお国柄。

その結果、多くの亜人達がブリタニス王国内に住んでいる。

亜人とは人族以外の種族を指す言葉で、例えばエルフ、ドワーフ、小人族、それから様々な魚人族を総称した海洋族などを含む。

海洋族はブリタニス王国内でなら、よく見かけるんだよね。


軽く観光しながら、レミリアの案内で大通りにある冒険者ギルドの建物の中へ到着する。

大きな扉を開けて入っていくと、室内にいた冒険者達が一斉に僕達へと鋭い視線を向けてきた。

室内は妙に静まり、なんだか緊張した雰囲気が漂う。

マリナ女王もフィーネも豪華な服装だし、僕とアレン兄上も貴族らしい服装をしている。

それにレミリアは人目を引く美女の上に可愛いメイド服姿なんだよな。

これで目立つなというのは無理があるよね。

シーンと静まった室内を、レミリアを先頭に僕達は受付に向かって歩いていく。

すると近くにいた厳つい冒険者がマリナ女王の腕を掴んだ。

「綺麗な服着てるじゃねーか。これから酒場に行くから一緒に酒を飲もうぜ。酌《しゃく》をしてくれたら、奢《おご》ってやるからよ」

「ほう……わらわに酌をせよとな。面白いことを言う男じゃのう」

そう言ってマリナ女王はニヤリと笑い、冒険者の腕を掴んで逆に捻《ひね》り上げると、一瞬のうちに彼の体を床に叩きつけていた。

「わらわの体に触れるとは、よほどの命知らずじゃのう。わらわはこう見えても、勇者流合気道五段じゃぞ」

え……勇者流合気道って何？　そんな武術、僕は知らないけど？

もしかすると、古くから日本に伝わる武道を勇者が広めたのかもしれない。

床に倒れている冒険者を放置して、マリナ女王は悠々と受付カウンターへ歩いていく。

カウンターの向こうで立っているお姉さんの頬が引きつってるんですけど。

「よ、ようこそいらっしゃいました。今回はどのようなご用件でしょうか？」

「うむ。ギルドマスターを呼ぶのじゃ」

「うわー、大事《おおごと》にしないで。僕が話をするからね。今日は依頼をしに来ました。ロンメル商会の人員募集です。文字の読み書き、四則演算ができる方を募集したいんです。面接を行う旨《むね》を書いた紙を貼り出していいですか？」

マリナ女王の口を押さえて僕が代わりに説明する。

すると受付のお姉さんはホッとした表情になり、話を聞いてくれた。

「でも、ここは冒険者ギルドですよ。剣術や魔法に長《た》けた者ならいますけど、事務のできる人は少ないように思うのですが」

「それでもいいです。他のギルドにも声をかけるので。掲示板に依頼を貼ってもらうだけでいいです」

「それなら承りました。掲示板への貼り出しは金貨二枚です。後は依頼完了時の報酬をお決めください」

掲示板への貼り出しに金貨二枚。

日本円に換算すると約二万円なので少し高いような気がするけど、もしかすると偽の依頼などのイタズラ防止の意味合いがあるのかもしれないな。

完了報酬については、期間終了後にギルドに支払うお金だ。これは金貨五枚で、先払いしておこう。

受付のお姉さんに渡された羊皮紙にスラスラと依頼内容を書いて、金貨七枚を手渡す。

これで冒険者ギルドへの依頼は終わりだ。

僕達は冒険者ギルドを後にして、同じく大通りにある商業ギルドへと向かった。

商業ギルドの室内は当然ながら商人達が多く、ちょっかいをかけてくる無謀な者はいなかった。

僕達が貴族であることは見ればわかるし、余計なトラブルを抱え込まないように触れてこないのだろう。

商人達は貴族などの権力者の怖さをよく知ってるからね。

それから商業ギルドでも、同じように掲示板に貼り出してもらい金貨を渡す。

そして建物の外へ出ると、フィーネが不満そうに頬を膨らませた。

「ギルドってもっと面白い所だと思ったのに、つまらないわ」

「そうじゃのう。わらわも飽きてきたのう」

マリナ女王もフィーネの横で不満そうだ。

「では私が各ギルドを回っておきましょう。シオン様はアレン様と一緒に、マリナ女王陛下とフィーネ王女殿下を別邸までお連れください」

マリナ女王とフィーネを気遣ってレミリアが提案する。

さすがはレミリア、いつも僕達を助けてくれる。

僕達四人はお言葉に甘えて、レミリアと別れて別邸に戻ることにした。

部屋へ入ると、なぜかグスタフさんとエドワードさんがソファに座って待っていた。

仲良く談笑している二人を見て、僕は首を傾げる。

「二人とも、どうしてここにいるんですか？」

「次の公務があるので、マリナ女王陛下の私室まで呼びに行ったところ、姿が見えなかったのでもしやと思い、ここで待たせていただいていた」

「私も同じくです。フィーネ様が勉強の途中でいなくなったので、ここまで捜しに来たんですよ。やっぱりシオン君と遊んでいたんですね」

どうやら二人の苦労人は、それぞれに主人を迎えに来たらしい。

まだ遊びたいと帰るのを嫌がるマリナ女王とフィーネを連れて、グスタフさんとエドワードさんはそれぞれに転移ゲートを潜って帰っていった。

ワガママ娘二人からやっと解放され、僕とアレン兄上はソファにグッタリと座り込むのだった。

それから一週間が経ち、無事に面接日を迎えることができた。

会場の方は、ジョルドがしっかり準備してくれている。

面接官席には僕、レミリア、ジョルドの三人が座る。

僕は事前に用意した鑑定帽を被り、二人と一緒に応募者を次々と面接していく。

様々なギルドで募集をかけていたおかげか、けっこうな応募者が集まっている。

しかし応募者のほとんどは、読み書きはできるけど高度な計算ができない者達ばかりで、なかなか適性のある人は現れなかった。

「次の方どうぞ」

ジョルドが呼ぶと、扉が開いて獣人族の少女が現れた。

獣人族とは亜人族の一種で、容姿は人族に近いけど、特徴的な獣の耳と尻尾がある。

彼らは身体能力が高く、戦闘に長けている種族が多いんだよね。

入ってきた少女の名前はシャム、白猫族の出身で、冒険者ギルドの貼り紙を見て応募してきたらしい。

獣人族にしては珍しく、読み書き、四則演算ができるという。

どうして今まで冒険者をしていたのだろうか？

鑑定帽に魔力を流して鑑定してみると、彼女のスキルに身体強化、獣化《じゅうか》を確認することができた。

獣化ということは、モフモフになれるということか……やっぱりモフモフの誘惑には勝てないよね。

会計もできて、用心棒にもなって、その上モフモフ、これは雇うしかないでしょう。

「採用です」

僕の一言で何かを察したのか、レミリアがジトリと目を細めるけど、そんなのはスルーだ。

「ありがとうございます」

シャムが頭を下げ、静かに部屋を退室した後、ジョルドが「次の人」と声をかける。

続いて部屋に入ってきたのは、痩身の黒髪イケメンだった。

「私の名はアグウェル。旅の商人をしております。よろしくお願いいたします」

鑑定帽で確認してみると、種族は魔族、階級はアークデーモンと頭の中に浮かんでくる。

アグウェルの素性《すじょう》を知って、僕は表情を青ざめさせた。

旅の商人なんて真っ赤な嘘だ。

魔族というのは人間に敵対する種族で、神話の時代、魔王に率いられた彼らは、勇者サトウに敗れた。そしてグランタリア大陸から姿を消したと、父上の蔵書には書かれていたのに。

どうして応募者の中に魔族がいるの？

「アグウェルさん、あなたは魔族ですよね？」

ここは単刀直入に聞いた方がいいだろう。どうせこちらに害をなすつもりなら、既に僕達は死んでいるはずだ。

僕の言葉を聞いて、ジョルドが怯えた表情で震えあがる。

それと同時に、彼の隣にいたレミリアが腰の片手剣を抜いて立ち上がった。

しかし僕は慌てながら彼らを止める。

「一応、応募者だから話を聞こうよ」

すると目の前の椅子に座っていたアグウェルさんが立ち上がり、礼儀正しく深々と頭を下げた。

「仰る通り、私は魔族です。勇者サトウに魔王が破れて後、我々の種族はグランタリア大陸をちりぢりに逃げ去ったのですよ。それから五百余年もの間、私は旅の商人として人々に溶け込んで暮らしていました」

レミリアの反応に、アグウェルさんは冷静に答えている。

魔族だからといって、すぐに暴れ回ることはないようだな。

それなら少しは話し合うことができるかもしれないね。

僕は自分の気持ちを落ち着かせるため、ゆっくり深呼吸して、大きく息を吐いた。

「なぜ僕達の面接に応募されたんですか？　そのまま旅商人をやっていてもよかったように思うけど？」

「それはシオン様、あなたの作り出す商品に興味が湧いたからです。そう……あなたのそのアイデアと知識は、勇者サトウ、賢者タナカに似たものがあると感じるのですよ」

「シオン様は天才ですからね」

レミリアは剣を鞘《さや》に納めて、プルルンと豊満な胸を張る。

さっきまで剣を手にして、アグウェルさんのことを警戒していたのが嘘みたいに上機嫌だ。

勇者サトウ、賢者タナカ……ということは、アグウェルさんは僕が転生者だって気づいてるよね。

父上やアレン兄上も知らない、僕だけの秘密なのに。

できることなら、転生者ということは誰にも知られずに隠しておくつもりだったんだけどな。

アグウェルさんはまっすぐな瞳《ひとみ》で僕を見つめる。

「私の勘が囁《ささや》くのです。シオン様が将来的に大きなことをされるだろうと、ですからお傍に置いていただきたいのです。私のことを信じられぬなら、奴隷紋による奴隷契約を交わしてもよいと私は考えています」

奴隷紋による強制力は、魔族に対しても効果を発揮するはずだ。

しかし、僕は首を左右に大きく振る。

「そんなことをする必要はないよ。あなたのことは一旦《いったん》は保留ということでいいかな。全ての人達の面接が終わってから、もう一度、二人だけで話をしよう」

「この男は危険です。私も共にいます」

レミリアが僕を一人にするわけないよね。

彼女は僕が幼少の頃からつき従ってくれている。

レミリアは既に僕にとって家族も同じだ。

彼女なら信頼できるし、僕とアグウェルさんの話を聞かれてもいいよね。

僕は穏やかに微笑んで、大きく頷く。

「わかった。僕達が話をする時はレミリアも一緒にいてね。では、アグウェルさんは別室で待ってもらえるかな」

「仰せのままに」

アグウェルさんは立ち上がって礼をすると、面接会場から去っていった。

その後も応募者の面接は続き、最後の面接者が扉を開けて姿を現した。

あれ？　僕よりも背が小さい……子供っぽいけど子供じゃないよね？

僕は鑑定帽に魔力を流して、小さな男の子を見る。

すると僕の頭の中にするすると情報が流れてきた。

その小柄の彼の名はアロム。

年齢は三十二歳……種族は小人族で魔獣使い《テイマー》の能力を持っているのか。

「冒険者ギルドの掲示板を見て来たんだ。よろしくね」

「では、アロムは何ができるの？」

「僕は魔獣使いさ。色々な魔獣をテイムできるんだ。魔獣と会話だってできるんだぜ。すごいだろ」

うーん、あんまり商会の運営に関係ない能力な気がするな。

商会の運営に携わる人員を募集したのに、なぜこんな変わった人達が集まってくるんだろう。

才能のある人達が多く集まってくれるのは嬉しいけど、やはり冒険者ギルドに依頼したのは間違いだったかもしれないな。

とはいえ、せっかく来てくれたんだし、事務能力があるならそれでいい。

「商会で働いてもらうことになるけど、読み書きと計算はできるかな？」

「まっかせなさーい」

まぁ、それならいいか。いつか魔獣使いの能力が役に立つことがあるかもしれないし。

「じゃあ採用します」

「やったー！　旦那《だんな》には損はさせないぜ！」

アロムは嬉しそうに立ち上がると、天井に向けて拳を突き上げた。

仕事ができるかは不安が残るけど、本人も嬉しそうだし、ここは信用しておこう。

別に商会の仕事ができなくても、他の仕事をしてもらえばいいしね。


そうして全ての応募者の面接が済み、ジョルドに会場の後片付けを頼んで、僕とレミリアはアグウェルさんが待っている別室へと向かった。

アグウェルさんが座っている対面のソファへ、レミリアと二人で座る。

「お待たせしました。では話し合いをしましょう。どうして旅商人をやめられるんですか？　旅商人を続けていても支障はなかったはずですよね」

「先ほどもお伝えした通り、我々魔族は正体を隠して、グランタリア大陸で暮らしてきました。その中で、町に身を隠した同族達は、人族に正体を見破られて次々に捕まって殺されていった。ですから私達は定住をせず、旅の商人として逃げながら暮らしてきたのです……しかし、そんな生活に疲れたのですよ」

「それでロンメル商会に雇われたいと？」

「商会というよりはシオン様個人に仕えたいのです。魔族というのはプライドが高いのですよ。普通の人族の下につくのは矜持《きょうじ》が許さない。しかし、勇者サトウと同じ転生者であれば話は別ですからね」

やはり僕が転生者だということを、アグウェルさんは見抜いていたようだね。

うーん、これは僕の正体を隠すためにも彼を雇った方がいいかもな……

その前に、なぜそれがわかったのか聞いておく必要がある。

「どうして僕が転生者だと？」

「シオン様が《鑑定》を使えるように、私の《魔眼》は全てを見通すことができるのですよ」

僕の鑑定はスキルじゃないし、《魔眼》のスキルも詳しく知らないけど、たぶん同じようなものだろう。

それなら僕の正体を知っていたとしても納得できる。

僕は体を前屈みにして息を大きく吐く。

「一つお聞きしたいのですけど、『我々』とは？　アグウェルさんの他に誰かいるのですか？」

「はい。妻と別れた時に娘を引き取っておりまして。娘の名はリムル、種族はサキュバスです。ここに連れてきております」

え……この部屋には三人しかいないと思うけど？

どこにも人が隠れる場所なんてないよね？

キョロキョロと部屋を見回していると、アグウェルさんが指をパチンと鳴らす。

「リムル、姿を現しなさい」

「はーい、お父様」

そんな声と共に部屋の隅に黒い霞《かすみ》が集まっていき、それが段々と人の形に変わっていく。

すると、頭に雄牛《おうし》のような角を生やし、背中にコウモリの翼を持つ、最高にスタイルのいい、肌の露出が極端に多い衣服を着た女子が姿を現した。

その瞬間に、僕の目がレミリアの手によって高速で覆われる。

「子供は見てはいけません」

「私は健全な女の子ですー。まだ生娘《きむすめ》なんだから」

「そんなこと聞いてません」

なぜかレミリアとリムルが言い争っている。

その様子にアグウェルさんが呆れたような声で言う。

「リムルよ、主様の前です。きちんとした服装に変化しなさい」

「はーい、お父様」

「シオン様、もう目を開けられても大丈夫ですよ」

レミリアが僕の目を覆っていた両手を離した瞬間、僕の目の前に、なぜか真っ白なブカブカのシャツを着た、生足姿のリムルが立っていた。

なぜ、その服装のチョイスを？　……むちゃくちゃ色っぽいんですけど！

なるべくリムルの姿を見ないように顔を背けたまま、僕は話を続ける。

「では二人とも、採用します。アグウェルさんとリムルさんはロンメル商会の運営についてレミリアから教わってください」

「仰せのままに。シオン様は私と娘の主なのですから、今後は私達を呼び捨てでお呼びください」

「わかった。ではアグウェル、リムル、よろしく頼んだよ」

「御意」

こうしてアグウェル親子との面接は終了した。


面接が全て終わった後、レミリアに僕が転生者で、それを隠していたことについて謝った。

でも彼女は「知っていました」と微笑み、誰にも話さないと約束してくれた。

結局、沢山の応募者が来てくれたけど、算数が苦手な人が多かったこともあり、今回採用したのはシャム、アロム、アグウェル、リムルの四人だけ。

ブリタスとナブルの店舗の人員は、王城から派遣してもらっている人員と入れ替わる人員が必要なので、ジョルドが商業ギルドと交渉してくれることになった。

今回、自分達で面接をしてみて思ったけど、読み書き、四則演算、礼儀作法ができる人員の確保については、商業ギルドにお願いするのがよさそうだ。

あと工場の方は予定通りに奴隷を探すことにしよう。

それから一週間、シャム、アロム、アグウェル、リムルの四人はレミリアの指導を受け、その後に四人はロンメル商会の主要メンバーとなった。

これでアグウェルがジョルドの代わりを務めてくれるから、ジョルドも父上の下で執務長として仕事に専念できるし、レミリアの負担を減らせるよね。

第6話　怪しい影

ブリタニス王国の王都ブリタスとナブラスト王国の王都ナブルの店舗で商品の販売を始めてから、

一ヵ月が過ぎた。

その間、ボーン食器の売れ行きは好調で、それを上回る勢いで香水と石鹸が爆発的に売れていった。

今まで王国に住む庶民達は、ただ水を絞った布で体を拭うだけだったが、石鹸が普及したことで、体を石鹸で洗ってから、全身を綺麗に水で流し、それから布で体を拭くようになったらしい。

特に体臭を気にする女性の間で、香水と石鹸が急速に広まっていったようだ。

その噂は一気にブリタニス王国中、ナブラスト王国中へと広がっていく。

最近では僕も商会の仕事が忙しくなり、王都ブリタスの店舗の最上階にある私室で暮らすことが多くなった。

父上やアレン兄上と会う機会が減ったのは寂しいけど、僕も一応はロンメル商会の代表だからね。

そんなある日、店舗の執務室でレミリア、アグウェルと仕事の話をしていると、いきなり扉が開いて父上とアレン兄上が飛び込んできた。

「毎日のように王国中の諸侯が邸を訪れてくるのだ。そのどれもが、領地で香水と石鹸が足りないから卸してくれという陳情《ちんじょう》だ。この状況を何とかしてくれ」

「私も貴族学院へ行くと、女子達から香水と石鹸が欲しいとせがまれるんだよ。少し分けてもらえないか」

香水と石鹸が大ヒットして品薄なのは知ってるけど、そこまで切実だったの？

店にある在庫も限られているから、多くを分けてあげるほどの余裕はないけど、二人は大切な家族だからできる限りのことはしてあげたい。

僕はアグウェルに指示して香水と石鹸を用意し、二人に持って帰ってもらった。

父上もアレン兄上も相当な量を持っていったけど、背嚢型のマジックバッグがあったからよかったよ。


そこからさらに一ヵ月後。

相変わらず商会の運営は順調で、各店舗の売り上げは伸び続けている。

ブリタスの店舗にある僕の執務室で、アロムが羊皮紙をかかげて胸を張る。

「今日も各店舗の販売状況を報告するよ。まずディルメス侯爵領の店舗からいくね。ボーン食器の売れ行きは好調。でもちょっと伸び悩みかも。香水の売れ行きは安定して伸びてる。石鹸はまだめちゃめちゃ売れてるってさ。侯爵領の工場も、王都の工場もフル稼働中。その他は特に異常なし」

「食器は頻繁に消耗するものでもないからな、伸び悩むのは仕方ないか。次は？」

「ナブルの店舗では、ボーン食器も香水も石鹸も品薄状態だって。在庫があれば回してほしいらしいよ。それから時々はシオン様も顔を見せてって、リムルの姉ちゃんが言ってたよ」

最近ではすっかりロンメル商会の伝達係が板についてきたアロムがエヘンと胸を張る。

小人族のアロムは魔獣使いのスキル持ちで、魔獣を従えることができるテイマーだ。

その上、魔獣と会話ができたりもする。

だからアロムの能力で、スカイシーグルというカモメに似た魔獣をテイムしてもらい、各店舗や工場の伝達に一役買ってもらっているんだ。

僕の執務室に置いてある姿見の転移ゲートを使えば、ナブルの店舗にも、ブリタスの別邸にも、ディルメス侯爵領の本邸にも転移できるけど、普段はスタッフ達の使用を禁止している。

だって執務室で書類作業などをしている時に、近くでバタバタと行き来されたら、気が散って仕事に集中できないからね。

まあ、仕事といっても……ロンメル商会の重要な仕事は、レミリアとアグウェルにしてもらって、僕はほとんど二人のお手伝いをしてるだけなんだけど。

「そういえばナブルの店舗はリムルに任せっきりになってるね。今度、遊びに行くって伝えておいて」

「わかったー。お姉ちゃんに伝えておくよ」

サキュバスのリムルは、ちょっと抜けてそうな見た目に反して、事務処理能力がすごく高いんだよね。

それに接客能力もずば抜けているから、今はナブラスト王国の王都ナブルの店長を任せている。

ちなみに、このブリタスの店長はシャムに任せている。シャムも接客が得意みたいだからね。

アグウェルはロンメル商会の統括、レミリアは以前と変わらず副会長のままだ。

商業ギルドから紹介された人達も、各店舗で頑張って働いてくれている。

しっかりと商会の体制を整えたことで、業務の流れで困ることはほとんどなくなった。

そんなある日の午後、執務室で紅茶を飲んでいると、姿見の転移ゲートからエドワードさんが一人で姿を現した。

「あれ？　今日はフィーネは一緒じゃないんですね」

「今回は仕事で来ました。王城でロンムレス宰相がシオン君を呼んでるんですよ。既にディルメス侯爵は宰相閣下の元へ向かわれています。シオン様は私と同行をお願いします」

「父上と僕が？　わかりました、一緒に行きます」

僕とエドワードさんは店舗の建物を出て、馬車で王城へと向かった。

姿見の転移ゲートを使えば王城に転移できるけど、転移した先はフィーネの私室だからね。

女子の、それも王女殿下の部屋を通路代わりに使うのは失礼だからできない。

エドワードさんに王城の中を案内してもらい、扉をノックしてロンムレス宰相の部屋へと入る。

すると室内では、ソファに座ってロンムレス宰相と父上が話し合っていた。

僕は「失礼します」と礼をして、父上の隣のソファに座る。

すると宰相は、こちらを見て口を開く。

「シオンが来たから改めて説明しよう。今、諸外国の外交官達が我が王国に集まり、ボーン食器についての交渉が行われている。外交官達からも好評で、ボーン食器をぜひ取引したいと申し出てきているのだ。しかし、その交渉の中で問題が発生してな。トランスベル王国の外交官が、ボーン食器の製造方法を教えろと言ってきているのだ」

トランスベル王国はブリタニス王国の北部と国境を接している王国で、以前から両国の間で緊張状態が続いている。

製造方法を教えろってことは、トランスベル王国がボーン食器を生産販売したいということだよね。

《万能陣》のスキルで魔法陣を描いて商品を作っているから、魔法陣を使わずに他の人がボーン食器を作るのは無理なんだけど……

宰相は眉間《みけん》を指で押さえて難しい表情をする。

「もちろん、そのような無茶な要求は呑めないと突っぱねてはいるが」

「ロンメル商会の工場では、僕が独自に編み出した魔法陣を使用して商品を作っています。その魔法陣は僕しか描けません。なのでトランスベル王国が真似をしようとしても無理だと思うんですけど」

見た目だけは真似できるかもしれないけど、それじゃあ魔法陣は発動しないしね。

僕の言葉を聞いて、隣に座る父上がニヤリと表情を歪める。

「それならば、いっそのこと魔法陣を描いた羊皮紙を一枚、トランスベル王国側に譲ってみたらどうだ。どうせシオンしか魔法陣は描けないのだから、トランスベル王国がボーン食器を真似た商品を量産することは無理だろう」

「ふむ。こちらは魔法陣を渡したわけだから、その魔法陣を解析できなかったのはトランスベル王国側の魔法技術に問題があるということになる。そうなれば我が王国には何の落ち度もない。魔法陣を一枚でも提供しておけば、我が王国は外交に協力したと言えるからな」

宰相は納得したように頷いた。

――それからも僕、父上、宰相の三人は相談し、トランスベル王国の外交官へ僕が描いた《万能陣》の魔法陣を提供する手筈となった。

そして三日後には、トランスベル王国側の外交官に、ボーン食器を作る時に使う魔法陣の一枚が手渡された。

トランスベル王国側の外交官は意気揚々と母国へ帰っていったという。

トランスベル王国側の外交官にボーン食器の魔法陣を渡して一ヵ月が過ぎた。

ブリタスの店舗の執務室でレミリアと紅茶を飲んでいると、下の階からドタバタと大きな音が聞こえてくる。

その音を聞いたレミリアが「様子を見てきます」と言って部屋から走り去っていった。

それからしばらくして、レミリアが部屋に戻ってきて、僕に一階まで来てほしいという。

彼女と一緒に一階まで階段を下りていってみると、冒険者風の男達が床に倒れていた。

その隣では、なぜかシャムが顔を赤らめている。

「これってどういうこと？　何があったの？」

「いきなり店に入ってきて、シオン様を出せって騒ぎ出したので、つい……」

なるほど、ちょっと状況が理解できたぞ。

冒険者風の男達が店の中で暴れて、それをシャムが鎮圧《ちんあつ》したわけか。

白猫族のシャムは元々は腕利きの冒険者だ。

普段は真面目で大人しい彼女だけど、実は怒らせると怖かったりするんだよね。

だから、安心して店長を任せているんだけどね。

床に倒れたまま男の一人が顔を上げて、僕に向かって大声をあげる。

「お前がシオンか。黙って俺の指示に従って俺達と一緒に来い。さもないと酷い目に遭《あ》うぞ」

「酷い目に遭っているのは、おじさんの方だと思うけど？」

「うるせー！　黙って言うことを聞け！」

「黙るのはアナタです」

怒鳴る男に怒ったシャムが、腰に提げていた木剣を抜いて、男の頭をバシバシと殴る。

うーん、床に倒れたままの姿で大声を出されても、まったく説得力ないな。

それにしても、いったい僕に何の用だったんだろう？

床に倒れて動かない男達を見て悩んでいると、レミリアが「吐かせますか？」と聞いてくる。

尋常《じんじょう》ではない殺気が出てるし、彼女に任せたら男達の命が危ないかもしれない。

僕は心の中で冷や汗を流しながら、シャムに頼んで男達を店の外へ放り出してもらい、警備兵を呼びに行ってもらった。


さらに三日後、今度は違う荒くれ者達が、店の中へと乱入してきたが、激怒したレミリアとシャムによって撃退されたことは言うまでもない。

結局、それから二週間の間に、六回の襲撃があった。

全て彼女達によって鎮圧されたんだけどね。

執務室で仕事を進める僕に、アグウェルが礼儀正しく頭を下げてくる。

「彼らの意図はわかりませんが、シオン様を狙っているのは確実です。もし、よろしければ私が動いてもよろしいですか？」

ロンメル商会の統括であるアグウェルは、男達の襲撃にめちゃくちゃ怒っていた。

今までレミリアとシャムに任せていたのは、アークデーモンのアグウェルが本気になったら、町を一つぐらい簡単に滅ぼしかねないからだ。

でも、そろそろ我慢も限界のようだし、ちょっと働いてもらった方がいいかな。

僕は両肩の力を抜いて、穏やかに微笑む。

「じゃあ、僕を狙ってる張本人の素性を探ってきて。決して荒事はダメだからね」

「御意」

アグウェルは礼をしたまま、黒霧に姿を変えて消えていった。

僕の転移ゲートなんかより、よっぽど凄い移動能力じゃないか。

やっぱりアークデーモンの能力って桁外《けたはず》れだよね。


そして二日後の夕方、執務室でレミリアと一緒に事務作業をしていると、アグウェルが空中から突然に現れた。

「ただいま戻りました」

「何かわかった？」

「はい。荒くれ者達を雇っていたのは、トランスベル王国の手の者でした。目的は、シオン様から魔法陣についての秘密を聞き出すことだったようです」

なるほど……トランスベル王国では、魔法陣の解析はできなかったようだね。

僕しか扱えない魔法陣だから、失敗するのはわかっていた。

だからこそ気軽にトランスベル王国へ渡したんだけどね。

そこまで話を聞いて僕は首を傾げる。

「それなら、どうして僕一人を狙って誘拐しなかったのかな？」

「これまで押し入ってきた者達は、シオン様を誘拐しようとしていたのです。路上で待ち伏せもしていましたが、シオン様が現れなかったので店に踏み入ったという証言もありました」

なるほど、僕は父上や兄上に会いたい時は姿見の転移ゲートから転移するから、ほとんど店舗から出ないんだよね。

誘拐する機会がなくて、焦っていたんだろうな。

僕がウンウンと頷くのを見て、アグウェルは話を続ける。

「このまま野放しにしていれば、また色々と仕掛けてくるかと。私がトランスベル王国へ乗り込んで、城を破壊してきましょう」

「ダメダメ、そんなことをすれば魔族が敵視されちゃうよ。せっかく静かに暮らしてきたんだから、それはダメだからね」

「仰せのままに」

今は僕の指示で我慢してくれてるけど、アグウェルもやっぱり相当怒りが溜まってるよね。

僕のためにも、皆のためにも早く解決しないといけないな。

僕とアグウェルは、今後の対策について話し合いを続ける。

「とりあえず、僕も動いた方がいいかな」

「どのように対処するおつもりですか？」

「父上とロンムレス宰相に、店が襲撃された経緯を説明して、ブリタニス王国の王城に助けてもらう……っていうのも考えたけど、下手をするとブリタニス王国とトランスベル王国の外交問題にも発展しかねないから、二人に相談するのも難しいかな」

「父君にいらぬ心配をかけることにもなりますからな」

難しい顔でアグウェルが頷く。

トランスベル王国との取引を終了するという手段も考えたけど、それもブリタニス王家や父上に動いてもらうことになって、迷惑がかかることになる。

「彼らが欲しがっているのは製造方法だから、結局僕を狙うのは変わらないだろうね。逆に安価に輸出してもいいけど、あんまり効果的ではないかな」

「やはり、トランスベル王国の王城に勤める者達をこっそり蒸発させては？」

「それはダメだって。城を破壊するのと変わらないよ。そんなことすればトランスベル王国に住む人々が大混乱になるじゃないか」

僕は慌てて、アグウェルを止める。

やっぱり魔族だから、どこか血の気が多いというか、冷酷な一面があるというか……

何とか穏便《おんびん》に事を済ます方法はないかと、僕は両腕を組んで考え込む。

「トランスベル王国の人達の考えをうまく誘導できたら簡単なんだろうけど、そんなに簡単に人の心を動かすことなんてできないし」

「それならリムルに任せてみるのはいかがでしょう。娘はサキュバスですから、人を魅了し操るスキル——チャームを使うことができます」

アグウェルはそう提案してくる。

魅了するスキルか……人の心を勝手に操作するのは罪悪感があるけど、このまま騒動が大きくなれば、アグウェルの怒りが限界を突破するかもしれない。

今は緊急事態だし、人心の方向をわずかに誘導するだけなら目をつむってもいいかも。

少し乗り気になって、僕は小さく頷く。

「それなら人を傷つけることもないし、戦争になることもない……それじゃあ、リムルにお願いしようかな」

「はい、リムルもシオン様のお役に立てて喜ぶことでしょう。すぐに呼んでまいります」

アグウェルはニヤリと笑むと、黒霧になって消えていった。


それからしばらくして、アグウェルがリムルを連れて戻ってきた。

リムルが豊満な胸を押しつけるようにして、僕にギュッと抱き着く。

「お父様から話は聞いたわ。シオン様のために私、頑張っちゃう」

「あくまで誘導するだけだからね」

「それなんだけど……私、自分に惚《ほ》れさせる魅了のスキルしか使えないの。だから国王をメロメロにしてくるわね。そうすれば、私の言うことなら何でも聞いてくれるようになるから」

「それはダメダメ。それって王国を乗っ取るのと同じだよ。絶対にダメだからね」

慌てて僕はリムルを止める。

僕に注意されて、リムルは可愛く唇を尖《とが》らせる。

「じゃあ、どうすればいいの？　シオン様が決めてよ」

国王を魅了して、傀儡《かいらい》にして国を動かすなんて、完全に悪者の発想だからアウトだよ……

そこまで考えて、僕はふとリムルに問いかける。

「その魅了のスキルは、簡単に術をかけたり、解いたりすることもできるの？」

「うん、そこは私の意のままにできるって感じ。どっぷり好きにさせることもできるし、ちょっと好きにさせるくらいでも大丈夫。私達がどんな関係性かを思い込ませることもできるよ」

それなら手立てがあるかもしれないな。

リムルに抱き着かれたまま、僕は顔をアグウェルの方へ向ける。

「トランスベル王国王家に、王子っているかな？」

「はい二人おります。ロナウド王太子とカムシン第二王子です。ロナウド王太子は十七歳で武闘派です。カムシン第二王子は十六歳で、兄と違い読書好きなタイプです。どちらも頑固という点は変わりませんが」

国王陛下をガッツリ魅了するのは他国を操ることになるからダメだけど、王子達に味方になってもらうぐらいならいいかも……

ただ、それはいいとして、アグウェルとリムルだけに任せるのは少し不安だな。

今回の件でアグウェルは相当怒っているし、ブレーキが利かなくなる可能性がある。

それにリムルは調子に乗ってやりすぎるかもしれない。

できれば僕自身の目で、どうなるか確認しておきたい。

片手を広げて、僕はアグウェルに問いかける。

「僕を二人の王子の元まで運んでいくことはできる？」

「私のように霧化して一瞬で移動することは叶《かな》いませんが、空を高速で移動してトランスベル王国へ向かうことは可能です」

それって空を飛ぶってことだよね！

魔法で空を飛ぶなんて、ファンタジー世界でやってみたいこと上位の一つじゃん！

「ぜひ連れてって！」

「仰せのままに」

アグウェルは僕を抱きかかえると、窓を開けて一気に空へと飛翔《ひしょう》した。

その後にリムルも続いてくる。どうやら彼女も普通に飛べるみたいだ。

振り返ると、店舗の建物がグングンと遠ざかっていき、前を向くと大空が無限に広がっていた。

アグウェルと平行して空を飛ぶリムルが頬を膨らませる。

「私がシオン様を抱っこしたかったのに！」

「シオン様は大事な主様です。私がシオン様のお世話をするに決まっている」

「いつもお父様ばかりでズルイー！」

「まあまあ、言い争いはよそうよ。それより見てよ、この空の大きさ」

僕が両手を広げてはしゃぐと、アグウェルがしっかりと体を支えてくれた。

「あまり動きすぎますと、落ちますのでご注意を」

その言葉に、思わず下へ視線を向けると、地上の建物が点のように見え、僕は怖くなってアグウェルにしがみついた。

「絶対に落とさないでね」

第7話　トランスベル王国の事情

僕、アグウェル、リムルの三人はトランスベル王国目指して空を飛び続ける。

これだけ速く飛んでいるのにまったく寒くない。

アグウェルが魔法の障壁を張ってくれてるのかもしれないな。

三時間近く空を飛んだところで、僕達はようやく国境を越えた。

「それで、これってどこに向かってるの？　もしかして王城？」

「王子二人なら、今日は魔獣狩りをするため森に出ております。森であれば二人と会うのに絶好の場所だと思いまして」

え？　トランスベル王国に到着したばかりなのに、王子達の居場所と行動まで把握しているなんて、アグウェルの能力ってすごいな。

さすがアークデーモンだよね。

トランスベル王国の王城に乗り込むのではと心配していたけど、森の中であれば騒ぎになることはなさそうだ。二人と話をするのにいいかもしれないな。

僕は顔を前方に向けて、腕を伸ばして指差す。

「わかった。森へ行こう」

「任せて、二人を私の虜にしちゃうから！」

「ほどほどにね。幼馴染《おさななじみ》ぐらいの親しさでお願いするよ」

リムルが張り切りすぎてしまいそうなので、ちょっとたしなめておく。

ベタ惚れさせて、後で外交問題に発展したら大変だからね。

段々と森に近づいてきたので、アグウェルは飛行速度を下げて低空飛行する。

すると、森の方から魔獣と戦う剣戟《けんげき》の音が聞こえてきた。

その音を聞いたアグウェルが一つ頷く。

「あれでしょうな」

「なんだか魔獣と戦っているようだけど？　リムル、王子達を助けてお近づきになってきて」

「はーい、行ってきまーす！」

僕とアグウェルを空に残し、リムルは元気よく返事して森の中へと降りていった。


しばらくすると剣戟の音が鳴り止んだので、僕達二人も森の中へと降下する。

地上に降ろしてもらって周囲を見回すと、リムルを中心にしてオークの群れが地面に倒れていて、二人の王子はその死骸《しがい》を見て顔を青ざめさせていた。

どうやらリムルがオークの群れを討伐したようだ。

王子の一人が、勢いよくリムルを指差す。

「お前達は誰だ？」

「助けてあげたんだから、ありがとうぐらい言ってほしいわ」

彼女の言葉を聞いて、王子二人は気まずそうな表情をする。

「ふん、あれぐらい助けがなくても俺達の手で倒せたぜ」

「兄さん、助けてもらったのだからお礼を言わないと」

強気な発言をしているのはたぶん武闘派の兄のロナウド王太子で、諫《いさ》めているのはカムシン第二王子だろう。

僕はトコトコと歩いていき、リムルの隣に立って彼女の腕をつんつんと突く。

「リムルお願い、早くやっちゃって。ただしやりすぎないようにね」

「わかってますって」

リムルは僕の手を握ってニッコリと微笑むと、二人の方へ視線を向ける。

すると彼女と目が合った二人の王子は、緊張感が抜けたような表情へと変化した。

これがリムルの魅了のスキルなのかな。

一瞬で魔法をかけるなんて、やっぱりリムルもスゴイよね。

それからロナウド王太子がハッとした表情で彼女の姿を凝視した。

「あれ？　よく見ればリムルじゃないか。俺達を助けてくれたのか」

「そうよ、アナタ達二人が弱いから、幼馴染の私が助けに来たんじゃない」

「そうか、それはありがとう。伴の兵士達と逸《はぐ》れたところを魔獣に襲われてね。兄さんと二人だけでは危なかった」

カムシン第二王子も、リムルとすっかり打ち解けた雰囲気でニッコリと笑う。

魅了の魔法って初めて見るけど、これほどまで態度が激変してしまうのか……

リムルが本気を出せば、誰とだって友達になれそうだな。

それどころか、彼女が言っていたように、国王を好きなように操れるっていうのも本当かも。

三人のやり取りを感心して見ていると、リムルが片手を広げて僕とアグウェルを紹介する。

「今日は二人に会わせたい人がいるの。私の大事な未来の旦那様と私のお父様よ」

「旦那様？　それはリムルの許嫁《いいなずけ》ということか？」

「うん、将来を約束してるから」

リムルの言葉を聞いて、ロナウド王太子が険しい表情をして剣の柄《つか》を握る。

そりゃ好意を抱いている（と思わされている）相手に、許嫁なんか紹介されたらそんな反応になるよね。

それを見て慌てた僕は、両手を広げて待ったをかける。

「いやいや、リムルの言ったことは嘘だから。僕はリムルが勤めるロンメル商会の会長をしているシオンと言います」

僕の弁解に、後ろから小さな声でブツブツと「一生、リムル様にお仕えするつもりなのに」という拗《す》ねるようなリムルの声が聞こえてきた。

ロンメル商会の仲間としては仕えてほしいけど、お嫁さんになってほしいわけじゃないからね。

今は話がややこしくなるから、リムルのことはスルーしよう。

アグウェルが僕の隣に来て、一つ咳払いをする。

「リムルの父のアグウェルです。二人ともお元気そうですね」

「随分と久しぶりに顔を見たような気がする。アグウェルも元気だったか？」

ロナウド王太子は親しげにアグウェルへ声をかける。

リムルを幼馴染だと思い込んでいるから、アグウェルも知っていることになっているのか。

リムルは二人の王子に向けて、蕩《とろ》けるような笑みを浮かべる。

「実は二人に聞いてほしい話があるの。実は、シオン様が開発した商品の製造方法をトランスベル王国が教えろって言ってきてるの」

「商品の製造方法なんて、商会にとっては財産じゃないか。製造方法を知られれば模造品を作られ放題だぞ。俺はそんな話聞いていないぞ」

リムルの説明にロナウド王太子は険しい表情をする。

するとリムルが目を潤《うる》ませて、豊満な胸の前で両手を組んで訴える。

「その通りよ。だからシオン様も困っちゃって……だから二人に協力してほしいの。アナタ達二人に反対されれば、国王陛下や国の上層部も、強硬手段を控えるでしょ。お願いだからシオン様を助けてあげて」

「うむ、他ならぬリムルの頼みです。それにそんな酷いやり方、私達も無視できる問題ではないな。いいでしょう、私達がその件を止めましょう」

カムシン第二王子は心を決めたように大きく頷いた。

無事に王子二人が味方になってくれたけど……この魅了のスキルって、本当に解けるの？

なんだか効果が強すぎて、心配になってきたんですけど。

とはいえ、これで目的を果たしたので、僕、アグウェル、リムルの三人は帰ろうとしたのだが、ロナウド王太子に呼び止められた。

「久しぶりに会ったんだ。城へ来てくれ。用事が終わった後で一緒に飯でも食べようぜ」

「うーん、困っちゃったな。どうしようかな？」

リムルは背中の後ろで両手を組んで、体を揺すりながら僕へチラチラと視線を送ってくる。

このまま王子二人に任せてしまいたいけど……ここで彼らの申し出を断るのも不自然かな？

リムルは王子二人の幼馴染という設定になっているから、少しぐらいは王子達に付き合っておいた方がいいかもしれないな。

僕はリムルの手を握って、小さな声で「食事ぐらいならいいんじゃないかな」と伝えた。

するとリムルは大きく頷き、王子達に向かってニッコリと微笑む。

「じゃあ、久しぶりにお邪魔しようかな」

こうして僕達三人は、二人の王子と一緒に王都トラントへ行くことになった。


樹々の間を抜けて獣道を歩いていくと、王子達と一緒に森に来ていた兵士達が待っていた。

彼らは王子達を見失ったことでとても焦っていたが、僕達に助けられたことをカムシン第二王子が説明すると、快く僕達を受け入れてくれた。

そして、そのまま僕達三人は兵士から馬を借りて、トラントの王城へ向けて出発した。

馬に乗れない僕は、リムルと一緒の馬に乗ったんだけどね。

到着した王都トラントに建つ城は、四角形の堅固《けんご》な壁に守られていて、その四隅に尖塔《せんとう》がある立派な城だった。

王子二人は僕達三人を連れて、堂々と廊下を歩いていく。

すれ違う使用人や貴族達が、僕達を見て不思議そうな表情をしている。

見知らぬ子供が城の中をウロウロしていたら気になるよね。

ロナウド王太子が謁見の間の扉を勢いよく開けて、僕達五人は広間へと入った。

隣を歩くアグウェルが「玉座に座っているのがゲアハルト国王です」とそっと教えてくれる。

玉座の目の前に立ったロナウド王太子が、大きな声でゲアハルト国王へ質問をぶつける。

「父上、何やら不穏な動きがあることを知ってるか？　ブリタニス王国に、ある商品の製造方法を開示しろと迫っていると聞いたが……まさか父上が承諾したことか？」

ゲアハルト国王は、ロナウド王太子の勢いにやや気圧《けお》されつつ、あっさりと頷く。

「うむ、ブリタニス王国の商会の件か。何でもボーン食器という白磁器に似た商品が安価で出回っているそうだ。爆発的人気で、王室御用達にするほどだという。その商品を売りつけてきたのでな、だから製造方法を聞き出せと命じたのだ」

「そのことで、俺達二人の大事な友人が困ってるんだぞ」

「どういうことだ？　詳しく説明してみろ」

腑《ふ》に落ちない表情で、ゲアハルト国王がロナウド王太子へ問う。

するとロナウド王太子の隣に立っていたカムシン第二王子が片手を広げて話し始めた。

「商会にとって商品は大事な収入源です。製造方法を開示しろというのは、その収入源を渡せと言っているに等しい。そのようなことをすれば商会が潰《つぶ》れる可能性があることは、父上もおわかりのはず」

「別に他国の商会が潰れたところで余の関知するところではないな」

「それで商会が潰れれば、勤めている使用人達が解雇《かいこ》されて、路頭に迷うことになるんですよ。それに、いずれはブリタニス王国との関係も悪化していくことになります」

「ブリタニス王国と我が王国は既に対立してるのだから問題あるまい」

カムシン第二王子の言葉を、ゲアハルト国王は簡単にはねのける。

しかし、カムシン第二王子の言葉は止まらない。

「ではお聞きします。最近になってブリタニス王国はナブラスト王国と同盟を組んでいます。ブリタニス王国を刺激して、もし二国を敵に回して戦になったらどうされますか？」

「気にしすぎだ。まさか商会一つを潰した程度で戦とはならん」

「なぜ断言できるのですか？　ブリタニス王国が商会の商品を外交の交渉材料に持ち出すくらいです。その商会を潰そうとすることは、ブリタニス王国の顔を潰すと同義ではありませんか」

確かにカムシン第二王子の言っていることは理に適ってるんだけど……

王室御用達だからといって、ロンメル商会が潰れてもブリタニス王国の王城は動かないと思うんだけどな。

でも……セレーネ王妃やフィーネが怒ったら、王城が動くかもしれないな。

カムシン第二王子の説得を聞いて、ゲアハルト国王は大きく溜息をつく。

「二人がそこまで言うなら再検討してみよう」

二人の王子達のおかげで、ゲアハルト国王もボーン食器の製造方法については考え直してくれそうだね。

「しかし、どうしてお前達はそこまでその商会を擁護《ようご》するのだ？」

「それは、俺達の大事な幼馴染のリムルが困ってるからに決まってるじゃないか」

「彼女を苦しめる者は許せませんね」

ロナウド王太子とカムシン第二王子は、当然のことのように言い放つ。

さっき、森で魅了の魔力の凄さを垣間見たけど、ちょっと効果ありすぎないかな？

そんな二人の様子を見て、ゲアハルト国王が怪訝《けげん》な顔をする。

「お前達二人がそれほどまでに大事にする、女性の友人など今まで聞いたこともないが？」

「何を言ってるんだ父上、俺達の幼馴染のリムルじゃないか」

「リムル……そのような名を、余はお前達から聞いたこともないぞ」

「何を言ってるんだ……あれ？　リムルとはどこで出会ったんだっけ？」

ゲアハルト国王の質問に、ロナウド王太子は首を傾げる。

ヤバイヤバイ！　リムルとは幼馴染ではないことがバレちゃうよ！

目を白黒させる僕を安心させるように、リムルがポンと僕の肩に手を置く。

「カムシンったら忘れちゃったんだね。私の両親がトラントで花屋をしていて、私が店先で花を売っていたら、城から抜け出したロナウドとカムシンが私とぶつかっちゃって、それでお詫《わ》びにって、二人が花を買って私にプレゼントしてくれたんでしょ」

「そうだよロナウド兄さん、大切なリムルとの出会いを忘れるなんて、兄さんはホントにウッカリしてるんだから。ということで父上、リムルは僕達の大切な幼友達ですよ」

「うむ……お前達がそこまで言うなら誠であるな」

不思議そうな表情ながら、ゲアハルト国王は大きく頷く。

ふー、何とか納得してくれたからよかったけど。

そんな安直なストーリー、いつ考えたの？　僕、全然知らないんですけど？

するとゲアハルト国王は、リムルの隣に立っている僕とアグウェルへ視線を向ける。

「それで、この者達は誰なのだ？」

「この二人は、リムルの父親のアグウェルと、ロンメル商会の会長のシオン。ロンメル商会というのは、父上が無理難題を言って潰そうとしている商会だ。だから三人は俺達二人を頼ってきたんだぞ」

「そうです。父上の思いつきの嫌がらせで、困り果てた三人が私達に相談するためにここまで来ているのです。父上のしたことは、何の罪もない者達に迷惑をかけてるんですよ。わかってもらえましたか？」

息子である王子二人に詰め寄られ、さすがのゲアハルト国王も少し顔を引きつらせている。

「わかった、わかった。今回の商品の製造方法の件は必ず取り下げよう。これでいいな？」

ゲアハルト国王の言葉に、王子二人がさらに迫る。

「三人に迷惑をかけてるのに、このままブリタニス王国へ帰していいのか？」

「それはよくない。このまま帰したとあってはトランスベル王国、いや父上の威信に傷がつきますよ。せめてここまで来ていただいたお詫びをするべきです」

「わかった。シオンと言ったか、なんなりと言ってみよ」

ゲアハルト国王はウンザリした表情で僕達を見る。

いやいや、僕達がここに来た目的はもう果たされてるから、これ以上何もいらないよ。

なんだか魅了の魔法で皆を騙《だま》してるようで心が苦しいから、これ以上ゲアハルト国王を責めるのは止めてあげてください。

僕が青ざめていると、隣に立っているアグウェルが姿勢を正して深々と礼をする。

「主であるシオン様の代わりに、僭越《せんえつ》ながら私、アグウェルがお答えいたします。私はロンメル商会に勤める商人です。ですからトラントに商会の店舗を開く許可を頂きたく存じます」

「なるほど、それなら毎日のようにリムルと会うことができるな」

「私もそれは名案だと思います」

アグウェルの提案に、王子二人は目を輝かせる。

「えーー、それって、私がこっちで働くってこと？　私はヤダ。こっちの店に来たら、またシオン様と離れることになるじゃない。そんなの私、ヤダ」

せっかく話がまとまりかけてるのに、リムルがぶち壊そうとする。

僕は慌てて彼女の口を手で塞ぎ、耳元でそっと囁いた。

「トラントに店舗ができたら、姿見の転移ゲートも置くし、いつでもリムルが僕に会いに来てもいい。だから今だけはお願いだから話を合わせてね」

「ホントに？　もう私を遠ざけたりしない？」

「うんうん、遠ざけたりしないから」

……今までも疎遠にしたつもりはないんだけど。

リムルって妙に色っぽいからドキドキして、自然と避けてしまうんだよね。

僕の言葉にニッコリと笑顔になったリムルは、ゲアハルト国王を見ながら元気よく片手を上げる。

「はーい、私、トラントで働きまーす」

「リムル、よかったたな」

「これで私達も心おきなくリムルと会える」

まだ許可も得ていないのに、喜ぶロナウド王太子とカムシン第二王子の姿を見て、ゲアハルト国王は父親らしい笑みを浮かべる。

「わかった、許可しよう。後のことは二人に任せる。よきにはからえ」

そう言うとゲアハルト国王は、「少し休む」と言って謁見の間から退室していった。

こうして謁見は終了となり、僕、アグウェル、リムルの三人は王子二人から一緒に食事をしようと引き止められたけど、それを丁重に断って城を後にした。


町の路地裏から空へと飛翔し、ブリタスにある店舗を目指す。

慌てて逃げるように、あの王子二人と別れたけど……何かが引っかかるんだよな？

そういえば、魅了の魔法を解除するのを忘れているような。

まあ、トラントに店舗ができれば、店長はリムルが務めることになるし、ロナウド王太子とカムシン第二王子も彼女と一緒にいると楽しそうだから、しばらく魔法を解かなくてもいいかもね。

今のままだと、あの王子達がリムルと付き合いたいと言い出すかもしれないけど……

ちょっと効果がありすぎるから、彼女に頼んで少しだけ術の効力を薄くしてもらおう。

第8話　ダイエット薬で一悶着《ひともんちゃく》!?

僕、アグウェル、リムルの三人がトラントから戻ってきて二週間が過ぎた。

王城に呼び出された父上は、ロンムレス宰相から、トランスベル王国がボーン食器の製造方法の公開要求を取り下げてきたと報告を受けた。

なんでそうなったのかわからないと言っていたそうだけど、僕もとぼけておいた。父上にバレたら怒られるだろうからね。

それからしばらくの間、静かな日々が流れ、僕とレミリアは執務室で紅茶を楽しんでいた。

するとドタバタと足音が聞こえてきて、部屋にアロムが飛び込んでくる。

「小さな女の子がシオン様に会いたいって言ってるよ。何の用事か聞いても、まったく話してくれないんだ」

「知り合いに小さな女の子なんていないけど？」

僕と同年代の王女と女王なら小さな女の子と言えるけど、アロムも彼女達の顔を知っているから、こんな言い方はしないし。

「いいから早く来てよ。シオン様が来てくれないと、今にも女の子が泣きそうなんだ」

アロムに腕を掴まれ、レミリアと一緒に一階へ向かうと、彼が言うように女の子が立っていた。

犬耳が生えているから、獣人族か。

女の子の前にしゃがんで、レミリアが彼女の髪を優しく撫でる。

「どうしたの？　この店に何かご用ですか？」

「うん……ここの商会さんは女の人のための商品を作ってるって、ママから聞いたの。だから商品を作ってほしくて」

「そう……お母さんはこの店のお客様なんですね」

女の子を椅子に座らせて、レミリアが穏やかに笑いかけた。

女の子の名前はマロンちゃん、六歳。犬耳族の獣人だ。

彼女の母親は、この店で石鹸を買ってくれている常連さんで、よく母親と一緒にマロンちゃんも店に来ていたらしい。

僕は腰を屈めて、マロンちゃんと視線を合わせて微笑む。

「それで僕に何を作ってほしいの？」

「男の子にデブって言われたの……だから細くなりたいの」

泣きそうな表情をして、マロンちゃんは小さく呟《つぶや》く。

その言葉を聞いて、マロンちゃんの姿を観察するけど、それほど太っていない。

どちらかというと健康的で、ちょっと頬がぽっちゃりしているという感じ。

たぶん男の子がからかって言ったのだろうけど、六歳とはいえ女の子だから、デブという言葉は心に突き刺さるよね。

マロンちゃんの訴えを聞いて、レミリアは困った表情を僕に向ける。

「何とかならないでしょうか？」

「痩《や》せ薬となると、薬師の領分だから、僕の専門外なんだけど……」

この世界には、薬師や錬金術師といった職業がある。

薬師や錬金術師は《調合》というスキルを持っていて、病気や怪我を治す薬を作ることができる。

僕ももしかしたら、《万能陣》で作れるのかもしれないけど……今まで薬を作ったことなんてない。

マロンちゃんの頼みを断るのは簡単だけど、それだと後味が悪いよね。

何とか彼女の力になってあげたい。

僕はフーっと大きく息を吐き、マロンちゃんに話しかけた。

「僕は薬の専門家じゃないけど、それでもよければ作ってみるよ。失敗するかもしれないけど、それでもいいかな？」

「うん、ありがとう」

ニッコリと笑みを零すマロンちゃんを、レミリアに頼んで、彼女の家まで送ってもらった。

やっぱり小さな女の子の頼み事は断れないよね。

マロンちゃんを送り届けたレミリアが店に戻ってくるのを待って、アグウェル、リムルを執務室に呼び寄せ、僕達四人は話し合うことに。

レミリアから経緯を聞いたアグウェルが首を傾げる。

「そのマロンという女子は、他の子供に指摘されるほど太っているのですか？」

「いいえ、見た感じでは、頬がややポッチャリしていますが、体はそれほど太っているようには見えません」

「お父様、女の子に向かって太ってるなんて言ってはダメ。太ってなくても女子って体型が気になるんだから」

「うむ、気をつけることにする」

顔を近づけて怒るリムルの圧にアグウェルもタジタジだ。

そう……女性に年齢、体重、体型の話はタブーなのだよ。

前世の日本で僕は、そこに無意識に触れてしまって、痛い目に遭ったことがあるからね。

この世界では九歳児だけど、そのあたりの機微はよくわかっているつもりだ。

パンと手を叩いて僕は皆を見回した。

「マロンちゃんの要望を叶えてあげたいけど、僕は錬金術師でもなければ薬師でもない。薬について詳しくないから、どういうものを作ればいいかわからないんだ。でもアグウェルとリムルなら、何か知ってるかと思ってね」

「そうですね……太っているということは、体が重いということでしょう。体の中に過剰な栄養分の蓄積があると考えられます。ですから強力な下剤がよろしいかと」

「お父様、女の子に毎日下痢《げり》をさせるつもりなの。そんなの恥ずかしくて私なら家にいられないよ」

アグウェルの提案をリムルは鋭い一言で却下する。

でも、前世の日本で、そんな感じの便秘解消ダイエットというものを聞いたことがある気もする。

それに、余計な栄養を吸収しなければいいってのもあったような……

案外、アグウェルの案は悪くないように思う。

僕の《万能陣》のスキルがあれば、ダイエット薬を作れるかもしれないぞ。

ちょっと実験してみようか！

僕は少し考えた後、アグウェルとリムルに頼んで、アロエとひまわりの種を調達してもらった。

アロエやひまわりの種を使った便秘解消薬の動画を、前世で見たことがあるのだ。

まずは《万能陣》のスキルで、【ダイエット剤】の魔法陣を羊皮紙へ描いていく。

ついでに便秘解消だけでなく、必要以上にカロリーを吸収するのを妨げる効果もつけておく。

そして魔法陣の中央にアロエとひまわりの種を置いて、魔力を流してみた。

魔法陣の上でアロエとひまわりの種が粉末となり、それが固まって一粒の錠剤へと変化する。

完成した錠剤を手に取ってみる。

「これで薬は完成だけど、誰かに試してもらわないと、本当に効果があるのかわからないな」

なにせ、カロリー吸収を妨げる効果までつけてしまっているのだ。安全かどうかわからないし、便秘解消効果の方も、どの程度の効き目かわからない。

できあがった錠剤を手にしてレミリアとリムルを見ると、彼女達は笑顔を引きつらせている。

効果のわからないダイエット薬……特に下剤関係の試薬を試してもらうのは、女の人にはちょっと可哀想かも……

僕は顔の向きを変えて、ニッコリと微笑んでアグウェルを見る。

するとアグウェルはゴクリと唾《つば》を呑み込み、意を決した表情になる。

「僕も飲むからアグウェルも頑張って」

「どこまでもお供いたします」

こういう役割はやっぱり男だよね……

ダイエット薬を完成させてから一週間、僕とアグウェルは試薬を飲み続けた。

その影響で毎日が快便だったなんて、恥ずかしくて誰にも言えないけどね。

一応、お腹が過剰に痛くなったり、体調を崩したりすることもなかったので、体に毒ということはなさそうだ。

とはいえ、何でも薬に頼りすぎるのはよくない。この薬を服用しなくなった瞬間に一気に太るなんてことになったら目も当てられないので、適度な運動も必要だろう。

レミリアに頼んで、マロンちゃんを店まで連れてきてもらった。

店内に入ってきたマロンちゃんは、不安そうに僕の顔を見る。

「お薬できたの？」

「このダイエット薬を朝、一日一回飲むと、毎日、体の中の不要なものがいっぱい出るんだ。一週間ほど薬を飲み続けて、様子を見てほしい。もしその間にお腹が痛くなったり、体の調子が変になったりしたら、お母さんと一緒にお店まで一緒においで。その時は治癒ポーションをあげるからね。でも、これはあくまでもダイエットの補助のための薬だよ。適切な食生活と運動も大事だからね」

「ありがとう、お兄ちゃん」

僕が差し出した手から、薬の入った革袋を受け取ると、マロンちゃんは嬉しそうに微笑んだ。

それから一週間の間、レミリアにお願いして、毎日マロンちゃんの様子を見に行ってもらった。

彼女は常に元気で、体調を崩す様子もなかったという。

そして店に現れたマロンちゃんを僕、レミリア、リムルの三人で迎える。

するとマロンちゃんは僕の顔を見てニコニコを笑む。

「お兄ちゃん、見て。私、痩せたでしょ」

「うん、可愛いし、綺麗になったね。ビックリしたよ」

確かに以前に比べると、頬がスッキリして、ちょっと大人びたような顔に変化していた。

「毎日、ウンチがいっぱい出るの、それで段々と体が軽くなって。ママも痩せて綺麗になったって言ってくれたの。これも全部、お兄ちゃんのおかげなの。ありがとう」

「いえいえ、どういたしまして」

「大きくなったら、お兄ちゃんのお嫁さんになってあげるね」

そう言ってマロンちゃんは無邪気に笑った。

その途端、僕の後ろから冷たい空気が漂ってくる。

慌てて振り向くと、レミリアとリムルがジト目で僕を見ていた。

「よかったですね、シオン様。お子様におモテになって」

「シオン様って、幼女が好みだったんだー」

「私、子供じゃないもん、もうすぐ大人だもん」

レミリアとリムルの言葉に、マロンちゃんは頬を膨らませる。

リムル……絶対に変な妄想してるよね……

元気よく手を振って帰っていくマロンちゃんを見送っていると、後ろから両肩を鷲掴《わしづか》みにされた。

ビックリして振り返ると、なぜか涙目のレミリアが立っている。

「私にもダイエット薬を売ってください……もっと美しくなる必要があります。子供などに負けていられません」

「私も欲しいー。最近、ちょっと太ってきちゃって、痩せたいと思ってたし」

リムルは太ったと言うけど、二人とも、抜群のスタイルをしてるから薬を飲む必要はないような……

ただ、今は何を言っても逆効果になりそうだから黙っていよう。

執務室へ戻った僕は、棚からダイエット薬の錠剤の入った革袋を取り、レミリアとリムルに手渡す。

二人はすごく大事そうに両手で革袋を受け取って、真剣な表情で握って部屋から出ていった。


それから十日後、レミリア、リムルを伴って町へ買い物に出かけた時のこと。

大通りを歩いていくと、すれ違った男性達が二人を見て固まり、立ち尽くしている。

レミリアとリムルはタイプが違う絶世の美女なんだけど、最近になって綺麗さが増したというか美しさが洗練されたように僕も思う。

だから通りを歩いている男性達が二人に見惚《みと》れるのも納得だ。

買い出しから戻って執務室に入った途端、大きな胸の前で両拳を握りしめ、リムルが歓喜の声をあげる。

「通りを歩いている男達の視線、私達に釘付《くぎづ》けだったね。あのダイエット薬を飲んでから、便秘は治るし、お肌が綺麗になって、体もすっごく軽いの」

「私も肌がスベスベになったような気がします。体も軽快で、すごく調子がいいです」

そうか、僕やアグウェル、マロンちゃんはあまり気にしてなかったけど、老廃物《ろうはいぶつ》をどんどん出してるから、お肌も綺麗になっているのかもしれない。

「この薬は世の中の女性の希望だわ。シオン様、この錠剤を店で売り出した方がいいよ」

「しかし、これだけ効果のある錠剤が広まれば、すぐに商品は完売となり、女性の間で争いが勃《ぼっ》発《ぱつ》するのは目に見えています。ここは価格を高く設定するか、販売ルートを制限した方がいいでしょう」

リムルの言葉に、レミリアは真剣な表情で頷く。

確かに二人が言うような効果があれば、女性の間で爆発的な人気になってもおかしくない。

店で販売するのは、色々な意味で危険かもしれないね。

まずは特定の販売ルートで売ってみて、様子を見ながら店頭で売る方向で考えよう。

そんなことを二人と話している時、ある考えが僕の頭をよぎる。

セレーネ王妃やフィーネから、貴族の女性達へ商品を流してもらうという案だ。

これなら、どうやっても流通量は限られるし、間に王族が入るから、僕達に対して無茶なことを言ってくる人もいなくなるかもしれない。

僕は姿見の転移ゲートの前に立ち、レミリア達の方へ振り向く。

「ちょっと城まで行ってくるね」


転移ゲートを潜ると、部屋の中でフィーネが両手を広げてクルクルと踊《おど》っていた。

「何してるの？」

「キャー！　いきなり現れないでよ！」

僕の姿を見たフィーネが悲鳴をあげて床に座り込む。

突然に現れた僕も失礼だけど、転移ゲートには呼び鈴がないんだから仕方ないでしょ。

そもそも自室だからといって、油断して変な舞いを踊っているフィーネにも問題があると思う。

頬を赤くして、フィーネは恥ずかしさを隠すようにソファにドスンと座る。

「シオンが私を訪ねてくるなんて初めてよね。いったいどうしたの？」

「ちょっと……痩せ薬というか、ダイエット薬を発明して……」

「ダイエット薬ですって！」

僕の言葉を聞いた途端、目を見開いたフィーネはソファから飛び上がり、僕の両肩を両手で握りしめる。

「その薬って、ホントに効果があるの？　今まで色々な薬師や錬金術師から、その手の薬を買ったけど、どれも紛い物ばかりだったわ」

「効果はバッチリだよ。僕、アグウェル、レミリア、リムル、その他の人達で試してみたからね」

「レミリアとリムルも試したんだ。それで結果はどうだったの？」

「うん……ビックリするくらい二人とも、綺麗になった……」

「ちょっとお母様を呼んでくる！」

フィーネは物凄《ものすご》い勢いで扉を開けて、廊下へと去っていた。

しばらくするとドタバタと足音が聞こえ、荒々しくバタンと扉が開く。

フィーネと一緒に現れたセレーネ王妃様は、鼻息を荒くして僕に顔を近づける。

「シオン君、ダイエット薬を開発したんですって！」

「……はい、一応……」

「その話、詳しく聞かせて！」

王妃様、どうしてそんなに興奮しているのかな？

そんなに顔を寄せると、もう顔が引っつきそうなんですけど……

思わず王妃様の肩を両手で押し返すと、我に返った彼女は頬を赤く染める。

「ごめんなさい。ちょっと気持ちが高ぶっちゃって」

気を取り直した僕は、ダイエット薬を作った経緯と、薬の服用方法と効能を丁寧に説明した。

話を聞いているセレーネ王妃とフィーネの表情は、真剣そのものだ。

レミリアやリムルもそうだったけど、どうして女性って、痩せることにそんなにこだわるんだろ？

スタイルがいいのはいいことだけど、少しぐらい体重の増減があっても気にならないのに。

とはいえ、そんなことを直接言えば大変なことになりそうだから黙っておく。

説明を聞き終わったセレーネ王妃は、目をキラキラさせて僕を見る。

「その薬はここに持ってきてるのよね？」

「はい。こちらにあります」

「では、私も早速試させていただくわ」

「ズルい、私も欲しい」

懐《ふところ》から薬の入った革袋を取り出してセレーネ王妃へ手渡すと、横からフィーネが手を伸ばしてきて、僕の目の前で二人が革袋の取り合いを始めた。

今日は落ち着いて話を聞けそうにないから、日を改めよう。

「今日は帰ります……」

未だに袋の奪い合いをしている二人にそれだけ言い残して、僕は姿見の転移ゲートを潜って、ブリタスの店舗へと戻った。

ダイエット薬の販売ルートについて相談したかったんだけどな。

まさかセレーネ王妃まで、あんなに薬を欲しがるとは思ってなかったよ……予想が甘かったのは僕のミスだね。

それから一週間後、執務室でレミリアと書類整理をしていると、姿見の転移ゲートを通って、エドワードさんが姿を現した。

「失礼する。シオン君、セレーネ様とフィーネ様がお呼びです」

「わかりました。すぐ行きます」

僕はすぐに席から立ち上がり、エドワードさんと一緒に姿見の転移ゲートを潜る。

すると、フィーネと王妃様がソファに座って待っていた。

「この間はごめんなさい」

王妃様はふんわりと笑む。

なんだかこの前と雰囲気も違うし、お肌もツルツルに……表情も穏やかで、この間よりも数倍綺麗に見えるような。

それに隣にいるフィーネも、なんとなくキラキラしたオーラに包まれてるような気がする。

目をパチパチさせていると、王妃様がニッコリと笑む。

「あのダイエット薬、すごいのよ。毎日、お通じがキチンと出てくれるの。それにほら、お肌もツルツルに輝いてくるの。もう、あの薬なしでは生きられないわ」

「私も見て。お肌がピチピチでしょ。透き通るように輝いてるんだから」

……フィーネは十歳だから、お肌が潤《うるお》っているのは当たり前だと思う。

それにしても、二人ともとても綺麗になったな。

王妃様は足の上で両手を組み、僕に話しかけてきた。

「それで、この前は何か相談に来ていたのでしょう？　それを聞きたくて今日は呼んだのよ。よかったら話してみて」

「はい。実はダイエット薬の販売方法と販路について話し合いたくて……」

「そういうことね。これだけ効果のある薬だから、高額で販売した方がいいでしょう。あまり安く国内に出回ると、商人達が安値で買い占めて転売するのが目に見えてるわ。それに王国内の貴族達の中には太った方々も多くいるから、こぞって買い込むかもしれないわね」

そういえば、レミリアも同じようなことを言っていたな。

やっぱり王妃様に頼むのがいいだろうか。でも、こういうお願いってどうやって切り出すのがいいのかわからない。

僕が悩んでいると、王妃様は手をポンと打つ。

「わかりました。王城に薬を卸してくれたら、貴族達に流通販売しましょう」

「いいんですか？」

「きちんと利益が出れば、王城としても助かりますもの」

「それなら私も協力するわ。だから私がダイエット薬を買う時だけは値段を安くしてね」

フィーネが片目をつむって、悪戯っぽくそう言う。

王城が貴族達へ薬を販売してくれるなら、販路も確かだし、貴族達への対応をしなくても済む。

フィーネと王妃様に相談してよかった。

当分の間、二人のダイエット薬代は無料にしておこう。


それから五日後、セレーネ王妃が王城内の貴族達に、薬を宣伝してくれることになったので、僕は大量のダイエット薬を作って王妃に手渡した。

今後は定期的に転移ゲートを使って、エドワードさんが薬を取りに来てくれる手筈となっている。

店舗の倉庫の棚にダイエット薬をしまっていると、部屋の中にリムルが入ってきた。

「シオン様、そのダイエット薬をちょっとだけ分けてほしいの」

「え、リムルが必要な分は渡してあるよね？　そんなに多く何に使うの？」

「ゲアハルト国王に飲ませてあげようと思って」

トランスベル王国の国王に？

先の謁見で姿を見たけど、確かにかなり太っていたな……

でも、なぜリムルがゲアハルト国王陛下のことを気にかけるんだろう？

「どうしてゲアハルト国王に？」

「ロナウドとカムシンにダイエット薬のことを自慢したら、ぜひゲアハルト国王に飲ませたいって頼まれちゃったのよ」

「へへへ」とリムルはヘニャリと微笑む。

トランスベル王国の王都トラントに店を作る計画は、順調に進んでいる。

それをアグウェルが主導していることもあって、リムルもトラントへ行くことが多いのだ。

そのことは知っていたけど……まさかロナウド王太子やカムシン第二王子と、ダイエット薬のことを話すほど仲良くなってるとは思いもよらなかったよ。

僕は棚からダイエット薬を取り出してリムルへ手渡した。

「きちんと服用方法は説明してね」

「うん、ありがとうー」

彼女は上機嫌にお尻をフリフリして倉庫から出ていった。


そして翌日、僕は転移ゲートから、マリナ女王の私室へと転移した。

転移ゲートから出て周囲を見回すと、マリナ女王は豪華なソファに座って、読書をしているところだった。

マリナ女王にダイエット薬のことを説明すると、目を輝かせてぜひ欲しいと言う。

マリナ女王はスタイルもいいから要らないと思ったけど、フィーネだけに薬をあげて、マリナ女王にも薬を渡しておかないと、また二人が言い争いをするだろう。

……僕が思い至ったわけじゃなくて、レミリアが助言をしてくれたことだけど。

それに最近は、転移ゲートで行き来をして、僕に内緒で二人が一緒に遊んでいると、アグウェルからも報告を受けていたからね。

せっかく仲良くなったのに、僕の薬のせいで喧嘩されるのは申し訳ない。

それにしても、レミリアもアグウェルも、とても優秀な仲間だよね。

その他にも、姿見の転移ゲートを使って、リムルの代わりにナブルの店舗にいるシャムにもダイエット薬を渡しておいた。

彼女だけ薬を渡していないのは可哀想だからね。


それから二週間ほどで、トラントの店舗は無事に開店した。

予定通りリムルが店長になって、ボーン食器も香水も石鹸も飛ぶように売れていると、アグウェルから報告を受けた。

これなら問題なさそうだなと思っていたのだが……開店から十日が経った頃、いきなり黒い霧が僕の執務室に現れて、リムルに変化する。

「シオン様、事情は後で話すから一緒に来てー！」

「そんなに慌てて、いったいどうしたの？」

驚いて目を丸くする僕を、リムルはヒョイと抱え上げ、姿見の転移ゲートを潜る。

一応、店が完成した頃に、トラントの店舗の執務室に姿見を置いて転移ゲートを繋げておいたんだけど、今回転移してきたのもそこからのようだ。

そしてリムルは、僕を抱っこしたまま部屋を出て、一階の売り場へ向かった。

するとそこには、なぜかロナウド王太子とカムシン第二王子がいた。

その横には、豪華なマントと冠を身につけた見知らぬ男性が立っている。

王子二人は僕を見てニッコリと微笑む。

「ようシオン、久しぶりだな。店舗の開店おめでとう」

リムルに下ろしてもらいながら、僕は頭を下げる。

「ありがとうございます、ロナウド王太子。店にまで来られてどうしたんですか？」

「うむ、父上がどうしてもシオンに会いたいと言われてな」

そう言って、ロナウド王太子は隣に立っている豪華なマントの男性の方へと視線を向ける。

冠を被って豪華な衣服に煌《きら》びやかなマント……まさか、その男性はあのゲアハルト国王なの⁉

あんなに太って……肥満体型だったゲアハルト国王が痩身のイケオジになってるなんて。

これではもう、ダイエットのレベルじゃなくて変身なのでは？

こんなに人の姿って変わるものなの？

口を開けてアワアワしていると、ゲアハルト国王が僕に目の前に立って、ニコニコと微笑む。

「シオンよ、ダイエット薬なるものを余に献上してくれたこと、誠に感謝するぞ。あの薬を飲み出してから、とても体の調子がよくてな。見よ、この余の姿を。あれだけ悩まされていた肥満が、一気に解消されたのだ。最近は体調もよく、まるで若返ったようだ。ぜひそなたに礼を言いたくて店まで来たのだ」

「よ、喜んでいただいて僕も嬉しいです」

状況をやっと呑み込んだ僕は、表情を引きつらせながら笑む。

王太子と第二王子がホイホイと店に遊びに来てる時点で随分とおかしいけど、国王が来るのもとんでもないことだ。

しかも、店内には三人だけ。外には一応兵がいるみたいだけど……僕達のこと、信頼しすぎじゃないかな？

そんな僕の様子を気にすることなく、ゲアハルト国王は話し続ける。

「それでシオンに話があってな。此度のことで、余はロナウドとカムシンと話し合い、ロンメル商会を王室御用達の商会とすることにしたのだ。これは名誉の証である。受けてくれるな？」

「はい。謹んで王室御用達にならせていただきます」

僕は素早く片膝《かたひざ》をついて、深々と礼をする。

なるほど、リムルが慌てて僕を王都ブリタスから連れ出したのは、これが理由か。

もしかすると、ビックリさせて喜ばすつもりだったのかもね。

そう考えて、リムルの方へ振り向くと、彼女は微笑んで小さく手を振っていた。

第9話　商業ギルドとのトラブル発生!?

トラントから戻ってきてから二週間ほど経った頃、僕はとあることに気づいた。

ブリタスに店を構えてから、半年以上過ぎていたのだ。

売り出し直後のような反響は徐々に収まってきたけど、まだまだ香水と石鹸は大人気だ。

ボーン食器も、勢いは落ちてもまだまだ好調に売り上げを伸ばしている。

そんなある日、僕、レミリア、アグウェルの三人が執務室で昼食を食べていると、店に商業ギルドからの使者が訪れた。

何でも、商業ギルドのギルドマスターから呼び出しを受けているという。

そういえば商業ギルドへの登録はジョルドにしてもらったし、普段の連絡はレミリアにしてもらっている。

僕が商業ギルドを訪れたのは、ロンメル商会の人員募集を依頼しに行った時だけだ。

まだ商業ギルドのギルドマスターと会ったこともないから、一度は挨拶《あいさつ》をしておいた方がいいかもしれないね。

ということで、僕はレミリアとアグウェルを伴って、大通りにある商業ギルドの建物へと向かった。

建物の一階で受付のお姉さんに商業ギルドの登録証を見せ、最上階にあるギルドマスターの執務室まで案内してもらった。

室内に入ると、豪華な大きいデスクの前に、ぶくぶくと太った大柄な男が座っていた。

あのふんぞり返って偉そうな男がギルドマスターだろうな。

僕の姿を見て男がフンと荒く鼻を鳴らす。

「お前がロンメル商会のシオンか。まだ子供ではないか」

「やっと十歳になりました」

そう、少し前に僕は誕生日を迎えて、ようやく十歳になっていた……まぁ、特に変わったことがあるわけではないけど。

「ふん、子供だからとて容赦はせんぞ。なぜ呼ばれたかわかるか？」

「わかりません」

素直に告げると、ギルドマスターは呆れた表情をする。

……いや、本当にまったく意味がわからないんだけど？

僕が悩んでいると、後ろに控えていたレミリアが「斬っていいですか？」と小声で囁いてくる。

どうやらギルドマスターの不遜《ふそん》な態度に、彼女はキレているらしい。

振り向いてアグウェルへ視線を合わせると、彼は大きく頷いてレミリアの肩に手を置く。

すると、意図を察したらしいレミリアは大きく深呼吸をする。

これで彼女は大丈夫だろう。

僕が改めてギルドマスターの方へ顔を向けると、ギルドマスターはバンとデスクを叩く。

「挨拶だ。挨拶をしに来ないということは、商業ギルドを蔑《ないがし》ろにしているに等しいのだぞ。貴様は商業ギルドを敵に回していいと思ってるのか」

「商業ギルドへの挨拶については、ジョルドが既に伺《うかが》っているはずですが……」

「貴様、父親がディルメス侯爵だからと、商業ギルドを舐《な》めているのか。私に対する挨拶が遅れているると言っているのだ」

ジロリと僕を睨んで、ギルドマスターが口から唾を飛ばす。

確かにロンメル商会は僕の商会だから、僕自身が挨拶をする必要があったかもしれないな。

そう考えると、ギルドマスターの言うことも一理あるような気がする。

改めて姿勢を正して、僕はペコリと頭を下げた。

「挨拶が遅れて申し訳ありません。では挨拶させていただきます。僕がロンメル商会の会長を務めている、シオン・ディルメスです。今後ともよろしくお願いいたします」

「そういうことではないわ！」

あれ？　挨拶をしたのにおかしいな？

何なんだろうと悩んでいると、アグウェルが小声で「賄賂《わいろ》です」と教えてくれた。

うーん、べつに何かを融通《ゆうずう》してほしいわけでもないのに、いきなり賄賂を要求されても、正直に言って渡したくない。

僕が黙っていると、ギルドマスターは盛大に溜息をつく。

「ロンメル商会については、他の商会から色々と苦情が出ている。今は私が言い含めて何とか収めているがな。ロンメル商会は商会同士の付き合いというものを知らんらしい」

「……僕は子供だから、大人の事情はよくわからなくて。それで、その苦情というのは？」

実際に、僕のところに苦情が届いている事実はないから気になる。

「ふん、子供といえど商会の会長だ。そのような言い訳は通じん。王都ブリタスの商会達が、ロンメル商会ばかりが得をしていると苦情を言ってきておるのだよ。そうだな……商会の利益の二割を私に寄こせば、皆に取りなしてやる」

そう言って、ギルドマスターはニヤリと表情を歪ませる。

子供だからと切り抜けようと思ったけど無駄だったか。

商会の利益の二割なんて……そんな条件を呑むわけにはいかないよ。

僕は姿勢を正してキッパリと断言する。

「それはお断りします。ロンメル商会も僕も、悪いことは何もしていません」

「私を敵に回すということは、商業ギルドを敵に回すということだ。それでもいいのか？」

僕の態度に激高したギルドマスターが、椅子から立ち上がる。

しかしそもそも商業ギルドは、世界を股にかける商人や商会が集まった互助会組織だ。世界中に支部があり、ここブリタスのギルドも、そのうちの一つだ。

多くの者達が集う商業ギルドの中枢《ちゅうすう》が、賄賂や利益の供与を許しているとは思えない。

これはあのギルドマスターが、商業ギルドの本部に黙って、勝手にやってるに決まってる。

「何を言われようと、商会の利益をギルドマスターに渡すつもりはありません。それでは」

僕はペコリと頭を下げて、レミリアとアグウェルと共に部屋を出た。

扉を閉めると「まだ話は終わっておらんぞー！」と叫ぶギルドマスターの声が聞こえてきたけど、そんなのは無視だ。

店舗の執務室へ戻ると、アグウェルが不気味な笑みを浮かべる。

「今から大陸中の商業ギルドを破壊して参りましょう。大丈夫です、建物ごと蒸発させますので、証拠は残りません」

「アグウェル、やっちゃいましょう」

「そんなことしたら世界中で戦争が起きるからやめてー！」

まさかレミリアが乗ってくるとは思わず、僕は慌てて両手を大きく振って、二人を止める。

レミリアもアグウェルも性格が変わっちゃってるよ……僕もギルドマスターの態度にはムカついたから、二人が怒る気持ちは理解できるけどね。

できることなら、もっと穏便に済ませようね。

商業ギルドのギルドマスターに呼び出されてから十日が過ぎた頃、香水や石鹸の偽物がブリタスの市場に出回るようになった。

その偽の商品はどれも粗悪品で、その品を常日頃から使用していた人達は、酷い肌荒れを起こしたらしい。

そしてなぜか、その偽商品を使った人達が、ロンメル商会の店に詰めかけてきたのだ。

ブリタスの店長であるアロムとレミリアで対応しているけど、苦情を訴える人の数が増えているという。

僕はすぐにアグウェルに指示して、何が起こっているのか情報を集めてもらった。

その結果、王都に居を構える五つの商会が、多くの商人達を使って、偽物の香水と石鹸の商品を流通させていることがわかった。

その商会は、王室御用達となったロンメル商会のことを妬《ねた》んでいて、以前からロンメル商会の足を引っ張ってやろうと考えていたのだそうだ。

そして、その裏には、例の商業ギルドのギルドマスターがいるという。

すべて彼が計画して、商会達に指示を出しているそうだ。

ただ、ギルドマスターと商会達との結びつきを示す証拠は何も残されておらず、普通に調べても、その証拠は出てこないだろうとのことだった。

アグウェルも証拠は押さえられず、調査を進める最中に、本人達の口からそういう話を盗み聞きしたに過ぎないらしい。

しかし、さすがはアークデーモンのアグウェル、調査能力がずば抜けているよね。

報告を終えたアグウェルが、僕とレミリアを見る。

「すぐにそれらの商会に乗り込んで、偽造した品を売るのを阻止する必要がありますね」

「どうやって止めるの？　乗り込んでも証拠がないんでしょ？」

「その商会長と手下の商人達を捕らえ、商売ができないようにしてしまえばいいだけです」

レミリアが目を細めて不穏なことを言う。

考え方が真っ黒になってますけど……気品があって清楚《せいそ》なレミリアの方が僕は好きだな。

アグウェルは顎《あご》に手を当てて、左右に首を振る。

「それは悪手でしょう。手下の商人達を潰しても、他の商人達を雇えば済みます。それに五つの商会を潰したとしても、ギルドマスターが他の商会を操り、また別の偽物が市場に出てくるでしょう。イタチごっこになるだけです」

「ではどうしたらいいの？」

「あのギルドマスターを葬《ほうむ》れば済む話ですが、今、ギルドマスターを消せばロンメル商会が疑われるでしょう。タイミングが悪いですね」

アグウェルが物騒なことを気軽に言い放つ。

そんな簡単に葬るとか言わないでね！

胸の前で両腕を組んで、僕は考えた末に二人に告げる。

「ロンメル商会の業務の全てをお休みしよう。きっと今は何を言っても信じてもらえないだろうし、悪く思われたまま商売をしていても楽しくないからね。店が閉まっているのに出回っている商品があれば、それは僕達が売ったものじゃない。騒ぎが収まったら、また店を再開しよう」

「致し方ないですね」

「了解いたしました」

ロンメル商会の全業務を休止させるため、アグウェルとレミリアの二人は急いで部屋を出ていった。

ロンメル商会としては、今までの利益が貯まっているから、少しぐらい店を休んでも路頭に迷うことはない。

ナブラスト王国やトランスベル王国の方で、偽物が流通しているという話は今のところ聞いていない。

しかし、あの悪辣《あくらつ》なギルドマスターなら、国境を越えて他国にも手を回す怖れがあるから、あちらの店も休止させるつもりだ。

ブリタス、ナブル、トラントの店舗は、それぞれの国の方で費用を出してくれていて、店を休んだとしても、ロンメル商会にはさほど影響は出ないはずだしね。

それから五日後、ロンメル商会の店舗と工場の全てが休業となった。

アロムやシャムは、久しぶりに長い休みが取れると喜んでいた。

確かに開店以来、ずっと忙しかったもんな。休みがないわけではないが、そんなにゆっくりできていなかったことは間違いない。

折角だからこの期間に羽を伸ばしてもらおう。

一方、僕、レミリア、アグウェル、リムルの四人は転移ゲートを通って、久しぶりにディルメス侯爵家の邸へと戻った。

アグウェルは商会の色々でこっちに顔を出していたけど、リムルは初めて来ることになるのか。

リビングに行くと、父上、アレン兄上、ジョルドの三人が紅茶を飲んで休憩していた。

突然、邸に戻ってきた僕を見て、父上が不思議そうに首を傾げる。

「シオン、家に戻ってきていいのか？」

「うん、ちょっと店をお休みしたから」

「そうか、ゆっくり休むといい」

父上がそう言う横で、アレン兄上はブツブツと文句を言う。

「シオンは十歳なのに働きすぎなんだよ。だからフィーネ王女殿下とマリナ女王陛下の相手を私がすることになるんだ」

最近、フィーネとマリナ女王の姿が見えないと思ったら、僕の仕事の邪魔をしないように、アレン兄上の所へ遊びに行っていたのか。

するとアグウェルが小声で、「最近、アレン様は二人のことが気になっているご様子です」と教えてくれた。

皆で楽しく過ごしていると、先ほどからジョルドがソワソワした様子で落ち着かない。

チラチラとリムルの姿を見ては、頬を赤らめて、表情を緊張させているのだ。

「ジョルド、落ち着かないようだけど、どうしたの？」

「……シオン様、ちょっとお話が」

ジョルドは手招きして、僕を廊下へと呼び出した。

そして内緒話でもするように僕の耳へ口を寄せる。

「あの……見たことのない美しい女性が一人いるのですが」

「あ、リムルのことだね」

「お付き合いしている男性はいるのですしょうか？」

うーん、ロナウド王太子とカムシン第二王子とは仲いいのは知ってるけど、恋人って感じじゃない。

「いないと思うけど、はっきりとは知らないよ」

僕がそう言うと、ジョルドは露骨に顔を輝かせる。

リムルって、レミリアと違ったタイプの美女なんだよね。

レミリアはエルフ特有の清楚さというか可憐《かれん》さがある美女だけど、リムルは肉欲的というか蠱惑《こわく》的《てき》な色気が漂う美女って感じ。

引き込まれそうな魅力があるから、ついつい距離を置いちゃうんだけどね。

でも、ずっと彼女がいないジョルドにとっては、とても魅力的なんだろう。

ジョルドの気持ちを感じ取った僕は、背伸びして囁きかける。

「リムルのこと気に入ったの？」

「はい」

「じゃあ、私とデートしてみる？」

いきなり背後から声をかけられて振り向くと、リムルがニッコリと笑顔で立っていた。

いつの間にそこにいたの？

そしてリムルは目を白黒させているジョルドの手を掴み、強引に外へと連れ出していく。

……リムル……あんまりジョルドを刺激しないでね。

リムルはサキュバスだから、あまり本気になるのは危ないと思うけど……今は黙っておいた方がいいよね。

ジョルドはリムルに一目惚れしたようだし、彼女もデートに乗り気だから止める必要もないけど。

リムルさんや、できることならほどほどにしてあげてね。

それから十日間、僕達はディルメス侯爵領の邸に寝泊まりして、久しぶりにゆっくりと休日を満《まん》喫《きつ》していた。

一応アグウェルにギルドマスターが動いている証拠を押さえるようにお願いしているけど、やっぱり難しいみたいだ。

国の組織が正式に捜査すれば、どうにかなるのかもしれないけど……まぁ、僕達も別に再開を急いでいないので、まだ焦らなくていいだろう。

すると姿見の転移ゲートを通って、いきなりエドワードさんが邸にやってきた。

そして父上と僕に向け、登城するようにと告げてくる。

よくわからないけど、王家からの呼び出しなら行かないわけにはいかない。

城に到着した僕達二人が宰相の執務室へ向かうと、疲れた表情をしたロンムレス宰相がソファに座っていた。

僕達は対面のソファに座り、気遣うように父上が宰相へ声をかける。

「どうなされたのですか？」

「それはこっちが聞きたい。シオン、ロンメル商会の事業はどうなっている？」

「ちょっと嫌がらせをされたので、ほとぼりが冷めるまで休業してますけど」

そう答えると、宰相は溜息をつく。

「そういうことか……地方の諸侯達から早馬が来ているのだ。ロンメル商会が店舗を休んでいるので石鹸が手に入らんとな。香水はそれほど消費はしないが、石鹸は毎日使用する必需品だから、新しいものが買えないと困ると申してな。王城に勤める貴族や役人達からも嘆願《たんがん》が来ているし、王都の住民からも苦情が入っているほどだ。すぐにでも営業を再開はできないのか？」

石鹸が各地の貴族や一般の人々に広まっていることは、売れ行きや評判からわかっていた。

それでも、まさか十日間店を開けなかっただけで、そんなに苦情が寄せられるとは思っていなかったな。

……でも今店を開けたら、あのギルドマスターの思う壺《つぼ》になるような気がする。

ここはハッキリと断った方がいいよね。

チラリと父上が視線を送ってくるので、僕は頷いてキッパリと言い放つ。

「誰が仕掛けているのかはまだわかりませんが、香水や石鹸の悪質な偽造品が出回っています。おそらく、ロンメル商会の評判を貶《おとし》めるためです。ロンメル商会は紛い物を売っていないと人々にわかってもらうまで、店を開けることはできません」

「その件が解決すれば問題ないのだな。では王城でも王都の警備兵を動かし、その紛い物を売っている者達を調査しよう」

既にアグウェルから情報を聞いてるから、誰が偽造品を売ってるかは知ってるけど、せっかく調査してくれるというなら、ここではあえて言わないでおこう。

王都の別邸へと戻った僕と父上は、ディルメス侯爵家の本邸に戻る前に、別邸にいたアグウェルに呼び止められた。

父上は先に戻り、僕とレミリア、リムル、アグウェルはリビングに集まる。

そして僕は、皆にさっきあった話を共有する。

「先ほど、ロンムレス宰相へ私からの情報を伝えなかったのは賢明でした。私の推測ですが、これからも王城に呼び出されるかと思います。ですが商業ギルドのギルドマスターと、その配下の商会達のことについては、一切の情報を漏らさない方がいいでしょう」

アグウェルの言葉に、僕は首を傾げる。

「それはなぜ？」

「私が魔族だとバレる可能性があるからです。魔族は未だに忌み嫌われる種族です。不用意に王城に知られれば、私達を排除しようと動くかもしれません」

「わかった。言わないでおくよ」

僕にとってアグウェルとリムルの二人は、商会の大事な仲間だと思っている。

その仲間を守るのは当然のことだよね。

僕が納得していると、アグウェルが話を続ける。

「それと、これからも決してロンメル商会の休業を解いてはいけません」

「休業したままだとどうなるの？」

「王城が捜査に乗り出すことで、奴らは焦って動き始めるはずです。そうなればボロを出して証拠を残す可能性があります……しかし、ロンメル商会が再開すれば、本物の商品と偽物が一緒に流通することで、偽物の動きを辿るのが難しくなります」

なるほど、そうなるとどれが怪しい動きでどれが普通の動きか、捜査しづらくなるということか。

さすがはアグウェル、頭がキレるよね。


それから一ヵ月後、僕達は妨害をしていた商会を検挙したという連絡を受けた。

この一ヵ月、何度か王城に呼ばれて営業を再開するように言われていたけど、ずっと休み続けていた。

そのおかげで、怪しい動きをしている者達を見つけられたようだ。

ただ、あのギルドマスターが捕まったという話はなかった。

父上経由で報告を受けた僕は、再びロンメル宰相に呼び出された。

城へ赴くと、執務室のソファに座って、宰相が険しい表情で訴えてくる。

「もうロンメル商会を邪魔する者は検挙した。これで問題はなかろう。営業を再開してくれるな？」

「ダメです。まだ黒幕がいるかもしれません。もし黒幕がいれば、また悪質な商会や商人を雇って同じことをしてくるはずです。そうなればイタチごっこになりますから」

「それはそうだが……」

ロンムレス宰相は見るからに疲れた表情を浮かべる。

きっと相変わらず、色んなところから催促されているのだろう。

父上も僕のことをチラリと見るけど、これで店舗を再開しますと簡単には言えないんだよね。

だって、城に来る前にアグウェルからロンメル商会の再開はダメって言われたからね。

やっぱりあのギルドマスターが捕まるまでは、気が抜けない。


そこからさらに二週間。

ロンメル商会が休業してから、だいたい二ヵ月が経過した。

さすがにそろそろ営業再開した方がいいだろうか……とは思いつつ、王都の別邸で休んでいると、転移ゲートからセレーネ王妃様が姿を現した。

そして僕に優しく微笑みかける。

「ロンムレス宰相から聞いて来たのだけど、どうしてロンメル商会を開けてくれないの？」

「まだ黒幕が捕まっていないからです……」

「黒幕が誰かわかってるのかしら？」

「誰かはわかりません。ですからロンメル商会を休業したままにしています」

僕は少し申し訳なく感じて、顔を俯かせる。

アグウェルにも口止めされているし、今は事情を説明することができない。

正直に商業ギルドのギルドマスターが黒幕だって言えたらいいのにな……何も言えなくてごめんなさい。

僕の言葉を聞いて、王妃様は困ったように目を伏せる。

「もうそろそろ私のダイエット薬がなくなってしまうわ。このままではダメよ。絶対に何とかしなくちゃ……」

そう言い残すと王妃様は虚《うつ》ろな目で、一人でブツブツと呟きながら転移ゲートで王城に戻っていった。

そういえばダイエット薬を渡してから、フィーネもセレーネ王妃も飲み続けていたんだよね。

体に害はなさそうだからそのままにしてたけど……あれだけ欲しがるなんて、依存性の検査とかした方がいいのかな？　やり方なんてわからないけど……

そんなことを考えていると、部屋の扉が開いてアグウェルが入ってきた。

「よくぞ耐えてくださいました。後のことはお任せください」

どうやらセレーネ王妃とのやり取りを、アグウェルは全て聞いていたようだ。

しかし任せろと言われても……何か策でもあるのかな？

不思議に思っていると、アグウェルがニヤリと微笑む。

「私は何もいたしません。ただ皆様方の動向を見守っているだけです。ロンメル商会の休業について、ナブラスト王国とトランスベル王国からの使者がブリタニス王国へと向かっているのです。推測ではありますが、ロンメル商会の店舗の再開要請かと」

「でもそうなると、ブリタニス王国の王城が困るんじゃないの？　結局僕達が動かないわけだし」

「はい。ですが他国からの要請があれば、王城も商業ギルドへの調査に本腰を入れることになるでしょう」

「アグウェルはこれを狙うために、僕に商会を休むように言ってたんだね」

「はい。疑わしいだけでは、王城であれど商業ギルドを相手に捜査を強行するのは、いささか分《ぶ》が悪いですからね。しかし他国からの圧力で動くとなれば、王城に大義名分があります」

アグウェルは目を細めて、大きく頷く。

商業ギルドは大陸中の商会、商人達による互助会組織なので、規模は大きく、国といえど下手にギルド内部を調査することはできない。

でも、三国が意見を一致させて動けば、商業ギルドへの相当な圧力にはなるだろう。

……国々の動きなんて僕にはわからないけど、とにかく商業ギルドのギルドマスターを追い詰められそうでよかったよ。

それから一週間後、ディルメス侯爵家の邸で父上と話していると、転移ゲートからエドワードさんが姿を現した。

「ライオネル国王陛下が謁見の間にてお待ちです。ディルメス侯爵、シオン君の二人は至急登城されたしとのことです」

「わかった。準備ができ次第、すぐにでも城へ行くぞ」

父上はソファから立ち上がると、エドワードさんと僕を連れて、転移ゲートを使ってブリタスの別邸へと転移する。そしてすぐに馬車を用意させ、王城へと向かった。

謁見の間の扉を開けて、父上と一緒に広間の中へ入ると、玉座にライオネル陛下、その隣にある長いソファにセレーネ王妃とフィーネが座り、その横にロンムレス宰相が立っている。

さらに、広間の中央には、ブリタニス王国のマリナ女王とトランスベル王国のゲアハルト国王、それにロナウド王太子とカムシン第二王子の二人まで揃《そろ》って立っていた。

どうして三国の王家がここに集まってるの？

僕、ホントに謁見の間に来てよかったのかな？

父上も、予想外の面々に固まってしまっていた。

僕と父上が来たのを確認して、ロンムレス宰相が咳払いを一つする。

「ディルメス侯爵とシオンは状況を理解できていないようだから、皆様が集まっている経緯を簡潔に説明させていただく。ナブラスト王国の王家も、トランスベル王国の王家も、ロンメル商会の商品の流入が止まり、そのことに困って我が王国を訪れたのだ」

「なんだか迷惑をおかけしてすみません」

僕は体を小さくして、深々と頭を下げた。

ナブラスト王国とトランスベル王国の使者が、ブリタニス王国の王城に来るとは聞いていた。

でも王家が来るとは聞いてないんですけど……これはいったいどういうことなの？

『王家の方々が来るとは、私も予想しておりませんでした。誠に申し訳ありません』

いきなり僕の耳の近くから、アグウェルの声が小さく聞こえてきた。どうやら何かの術で姿を消して僕の近くにいるようだ。

なんだか魔族というか、アークデーモンの能力って桁違いにすごくない？

僕の近くまで歩いてきたマリナ女王がニッコリと微笑む。

「ロンメル商会の件もあるが、シオンが窮地に立っていると思い、お主を励ましに来たのじゃ。もう何の心配もするでないぞ。わらわが来たからには大丈夫じゃ」

「俺達もそうだぜ。ロンメル商会が妨害を受けてるって聞いてな。俺達でよければ協力したいと思って、父上を説得して一緒に来たんだ」

マリナ女王とロナウド王太子がそう言ってくれた。

「皆さん、ブリタニス王国まで来ていただき、ありがとうございます」

マリナ女王殿下、ロナウド王太子、カムシン第二王子、そしてゲアハルト国王に向けて、僕はもう一度深々と頭を下げた。

するとソファに座っていたセレーネ王妃が静かに立ち上がる。

「今朝早くに、商業ギルドの建物を一斉に調査し、今回の騒動の主犯格がギルドマスター、ゲスガルである証拠を押さえました。身柄を拘束《こうそく》しようと試みましたが、一足先に逃走されてしまいました。このことについては商業ギルドの本部へ既に使者を送って通達しています」

とうとう黒幕がギルドマスターだということを、王城の警備兵が突き止めたんだね。

そういえば名前を知らなかったけど、あのギルドマスターはゲスガルというのか。

僕が大きく頷くとセレーネ王妃は話を続ける。

「商業ギルドの本部から、代わりのギルドマスターがすぐに就任することでしょう。ゲスガルの行方は国の威信にかけて、現在も王都中を捜索しています。必ず捕らえて罪を償わせるつもりです」

「シオン、色々と商業ギルドにはわだかまりはあろうが、ロンメル商会を再開してはどうか」

安心させるように微笑むライオネル陛下へ、僕は深々と頭を下げる。

「はい。ここまでしていただければ十分です。すぐに店舗を再開いたします」

本当にみなさん、僕のためにありがとうございます。

第10話　晩さん会

こうしてロンメル商会の業務が再開されることになった。

そして、僕の事件がきっかけとはいえ、トランスベル王国の王家とナブラスト王国の王家が訪問したことで、晩さん会が行われることになった。

当然のように、僕と父上も参加することになっている。

ちなみにセレーネ王妃のご厚意で、レミリア、アグウェル、リムルの三人も参加している。

晩さん会は、城の大広間で開かれた。

リムルはロナウド王太子とカムシン第二王子に捕まり、アグウェルは美しく着飾ったレミリアをゲアハルト国王に紹介していた。

僕もキッチリとした正装に身を包み、緊張しながら父上の隣に立っていると、マリナ女王とフィーネが豪華なドレスで着飾って歩いてきた。

そして真っ赤なドレスを着たマリナ女王が、目の前でクルリとターンする。

「どうじゃ、わらわのドレス姿は、なかなか似合っておろう」

「はい。二人とも、とても似合っていて可愛いです」

「じゃろう」

「私も今日のために、大至急でブリタスの高級洋服店で仕立ててもらったのよ」

ドヤ顔なマリナ女王の横で、薄いピンク色のドレスで身を包んだフィーネが嬉しそうに微笑む。

二人は僕の左右の手を握って、ライオネル陛下とセレーネ王妃のところまで歩いていく。

僕の姿を見たセレーネ王妃はフンワリと微笑む。

「この度の騒動では色々あったけど、おかげでマリナ女王陛下やゲアハルト国王陛下とお知り合いになれてよかったわ。今までは国と国とが対立していたから、こういう機会はなかったものね」

「そうじゃな。今まで話をすることもできんかったからのう」

王妃様の言葉に同意するように、マリナ女王は大きく頷く。

すると王妃様は嬉しそうに話を続けた。

「これもシオン君が繋いでくれたご縁のおかげね。まさかトランスベル王国の王城とも繋がっているとは知らなかったわ」

「それは確かにのう。わらわもロンメル商会を王室御用達の商会にしなければならんな」

マリナ女王は僕を見て、ニヤニヤと悪戯っ子のように微笑む。

そういえばトランスベル王国の王室御用達の商会になったことを、父上やブリタニス王国の王城の誰にも伝えていなかった。

すると、王妃様の隣でにこやかに微笑んでいたライオネル陛下が、急に真剣な表情になった。

「セレーネの言う通り、これも縁だ。我はこれを機に三国の仲を強めていきたいと考えている」

「それはいい提案じゃ。狭いラバネス半島で三国が争っても仕方がないと、わらわも昔から考えていたのじゃ。これを機に三国が連携できれば、半島に平和も訪れよう」

「我はもう少し先の展望を考えている。我達の代で三国が親密になったとしても、子孫の代でバラバラになれば、せっかくの機会を逃がすことになる。これを機に、長期間を見据えた三国同盟を組むのはどうか」

「うむ。となると……」

ライオネル陛下とマリナ女王が話していると、後ろから声が聞こえてくる。

「皆で何の話をしておるのだ？　王国の首脳の集まりなら余も参加しよう」

振り返ると、ゲアハルト国王が、ロナウド王太子とカムシン第二王子を伴って立っていた。

その後ろには、リムル、アグヴェル、レミリアの三人も一緒だ。

その姿を見たライオネル陛下は両手を広げて、ゲアハルト国王に話しかける。

「マリナ女王とも話していたのだがな。三国の王がこうして集う機会など滅多にない。この縁を逃がさず、この機会に三国の仲を深め、先々で同盟を組めればという話をしていたのだ」

「うむ、条件次第ではその話に乗ってやってもよいぞ。余を同盟の盟主とするのならな」

そんなことを言うゲアハルト国王に、ロナウド王太子とカムシン第二王子が呆れた表情を浮かべる。

「父上、他の王国の王達が半島の和平について話しているのに、そこで盟主にこだわるのはおかしいだろ」

「そうです父上。これを機に三国の連携が密になれば、今までのように国々が対立する必要もないのですよ。そうなれば命を失う兵や民もいなくなります。これは大事な和平へと進む話なのです。もっとラバネス半島全体のことを考えて述べてください」

まぁ、ゲアハルト国王はいつもあんな感じだし、冗談半分だと思うけど……ちょっと本気っぽいんだよね。

その様子にマリナ女王はニッコリと微笑む。

「わらわはゲアハルト国王が同盟の盟主になっても構わんと思っておるよ。王と言ってもわらわはまだ幼く、一国を束ねるだけでも精一杯じゃ。三国の同盟が成り、平和が続くのなら将来的に三つの国が一つとなってもいいぐらいじゃ」

「それは我も同感だ。三国が密に交流し、平和が保たれるのであれば誰が盟主でも構わない。もし同盟が成った暁《あかつき》には、ゲアハルト国王よ、そなたが盟主になられるとよい」

「わかった、わかった。意地の悪いことを言った余を許せ。余も三国の連携が密になることには賛成である。同盟に向けて話をしようではないか」

慌てて言葉を訂正して、ゲアハルト国王もライオネル陛下とマリナ女王の話に同意する。

……もしかしてスゴイ話の流れになってない？

僕の予想を遥《はる》かに超えてるから、まったく理解できないんですけど。

隣に来ていたアグウェルに、僕はそっと囁く。

「こうなることを見越していたの？」

「いえ、ブリタニス王国の王城が商業ギルドを追い詰めるところまで予想はしていましたが、今起こっていることは予想外の展開です」

さすがのアグウェルも、三国同盟の話にまで発展するとは考えてもいなかったようだね。

ふと、ライオネル陛下が、訝《いぶか》しむようにマリナ女王へ問いかける。

「それで、マリナ女王よ。先ほどの三国が一つになればという言葉は本気なのか？」

「本気じゃよ。先の国王である父上と兄上が、イシュガルド帝国との戦に敗れて亡くなったのが四年前。それ以来、うまく国を運営できてはおるが、宰相や多くの力ある貴族に頼ってばかりじゃ」

そこまで話して、マリナ女王はやれやれと首を大きく左右に振る。

そしてゆっくりと言葉を続けた。

「ラバネス半島が平和となり、我が王国の民が豊かでいられるのならば、三つの国が一つの連合国になるのに反対する理由などあるまいよ……まぁ、臣下を説得する必要はあるがな」

イシュガルド帝国は、ラバネス半島の根元から大陸の南西部へ向かって広がっている軍事国家だ。常に西方の国々と戦っている大国だと聞く。

ナブラスト王国の前国王が四年前に亡くなっていたのは知っていたが、その理由はイシュガルド帝国との戦争だったのか。

マリナ女王の言葉を聞いて、ライオネル陛下は大きく頷く。

「我も同意見だ。ラバネス半島の平和が続き、ブリタニス王国が豊かに発展していくのであれば、我も王座などに未練はない」

「余も同じ気持ちである。ラバネス半島に平和をもたらすため、余が同盟の盟主をと思っただけのこと。それならば三年ごとに持ち回りで盟主を務めてはどうか。さすればどの王国の民も文句はなかろう」

ライオネル陛下、ゲアハルト国王はそんなことを言い合う。

するとライオネル陛下の隣で王妃様がパンパンと手を叩いた。

「はいはい、難しい話はここまで。せっかくの晩さん会なのですから、料理が冷める前にいただきましょう。高級ワインも用意しておりますわ」

「そうよ。私……難しい政治の話とかわからないわ」

「フィーネには少し早かったか」

フィーネの言葉に、ライオネル陛下は顔を綻ばせる。

こうして晩さん会は穏やかに進んでいき、夜遅くまで続いた。


そんな晩さん会が行われてから三日後。

三国の王家の話し合いの結果、三国間の密な連携と、近年中に同盟を結ぶことが正式に決まった。

さらに二日後には、マリナ女王がナブルへ帰国するため、ブリタスの港から船で帰路についた。

その翌日に、ゲアハルト国王、ロナウド王太子、カムシン第二王子の三人は馬車でトラントへと戻っていく。

こうして商業ギルドをめぐる騒動は解決し、それから一週間後に、すべてのロンメル商会の店舗が営業再開することになったのだった。

それから二週間後、王都ブリタスの商業ギルドに新しいギルドマスターが就任した。

そしてその翌日に、僕は商業ギルドからの呼び出しを受けることになった。

レミリアとアグウェルを連れて商業ギルドの建物へ赴くと、受付のお姉さんが最上階の部屋まで案内してくれる。

扉を開けて中に入ると、室内の中央に痩身のエルフの男性が立っていた。

「シオン君ですね。この度ギルドマスターに就任した、エルフィンと言います。先のギルドマスターであるゲスガルが、君に迷惑をかけ申し訳ないことをしました。商業ギルドを代表して謝罪します。現在行方をくらませているゲスガルについては、商業ギルドでも捜索を進めています」

ゲスガルは相変わらず捕まっておらず、王都から出ているのではという話になっていた。

しかし、ブリタニス王国だけでなく、トランスベル王国、ナブラスト王国でも指名手配されることになったから、ラバネス半島に潜伏《せんぷく》しているのであれば、いずれは捕まるだろうな。

それから色々話を聞いていると、エルフィンさんはイシュガルド帝国の帝都イシュタルにある、商業ギルドの東支部から来たという。

「それで、商業ギルド東支部では、ロンメル商会のランクをシルバーへ昇格することを考えています」

そういえば商業ギルドに登録したジョルドから説明があったな。

商業ギルドは国を越えて運営されているのだが、様々な国の都市や町にあるギルドを、本部が一元で管理しているわけではない。数が多すぎるからね。

そこで、大陸をおおまかに東西南北と中央に分けて、それぞれの地域を取りまとめる支部があるんだとか。

僕達の国は、東区域に当たるので、イシュタルの東支部の管轄となる。

また、商業ギルドに登録した商会にはランクがあり、登録したばかりの商会はブロンズで、それから功績に応じてシルバー、ゴールドと昇格し、最高位のランクはプラチナと呼ばれている。

それらのランクについては、最初に登録した支部にかかわらず、全ての支部で総合的に評価しているんだとか。

そこまで考えて僕は首を傾げる。

「でも僕達のロンメル商会は、商業ギルドにあまり貢献していないですよ。今、ギルドに卸している商品もボーン食器だけですから」

「わかっています。ですがボーン食器の他にも、ロンメル商会の開発した香水や石鹸、まだ庶民には出回っていないダイエット薬などの商品について、商業ギルド東支部では高く評価しております。あのような素晴らしい商品を開発されたロンメル商会は十分に功績があり、ランク昇格に値するというわけです」

エルフィンさんは落ち着いた様子でニッコリと微笑むと、話を続けた。

「それでシオン君にお願いなのですが……イシュタルにある商業ギルド東支部へ来てほしいのです」

エルフィンさんの話では、商業ギルドのランクの昇格式が、商業ギルド東支部で行われているため、イシュタルまで行く必要があるらしい。

少し考えさせてほしいと言って、その件については保留にして、僕、アグウェル、レミリアの三人は商業ギルドの建物を後にした。


大通りを歩いていると、レミリアが僕に声をかける。

「昇格式の件、どうなさるおつもりですか？」

「僕としては知らない土地に行ってみたいけどね。でも商会のことだから、皆と相談したいと思って保留にしたんだ」

「私はシオン様が行かれるなら、どこへでもお供いたします」

うんうん、レミリアはそう言ってくれると思っていたよ。

「アグウェルはどう思う？　僕は商業ギルド東支部の情報も、イシュガルド帝国の情報も知らないから、何か知っていることがあれば、それも含めて教えてほしい」

旅の商人として世界中を回っていたアグウェルなら、何か知っているかもしれないよね。

僕が視線を向けると、アグウェルはニコリと微笑む。

「帝国も王国もさして変わりはありません。私もリムルも必ずシオン様をお守りいたしますので、安心してご自身の行きたい場所へ赴いてください」

「そうです。私も常に離れず、どこでも一緒に参ります」

「二人ともありがとう。それじゃあ父上とアレン兄上に伝えてみるよ」

それから店舗に戻った僕達三人は、執務室に設置してある姿見の転移ゲートからディルメス侯爵家の邸へと転移した。

リビングへ行くと、父上とアレン兄上がソファに座って寛《くつろ》いでいた。

僕は二人へエルフィンさんと会ったことを報告し、商会のランク昇格のために東支部のあるイシュタルまで行くことを伝えた。

すると、その話を聞いた父上が不安そうな表情を浮かべる。

「イシュガルド帝国といえば、ラバネス半島へ攻め入ろうと画策してる大国だ。そんな場所へ行って大丈夫なのか？」

「イシュガルド帝国は領土が広く国民も多いため、帝都に入る時は簡単な検問だけで済みます。それに私もレミリア殿も共に参りますので、ご心配には及びません」

イシュガルド帝国の情報を知るアグウェルが丁寧に説明してくれた。

父上は難しい表情のままだったが——

「アグウェルがそう言うなら……」

と言って、イシュタル行きを許してくれた。


三日後、旅の準備を整えた僕、レミリア、アグウェル、リムルの四人は、王都ブリタスの港から帆船に乗って出航した。

まずは半島を南から西側に回り込んで北上し、イシュガルド帝国南部の港町、チョンタルへ向かう。そこからは馬車を乗り継いで、イシュタルに行く予定だ。

ただ、その日は、運悪く嵐《あらし》に遭遇してしまった。

空からは大粒の雨が降り注ぎ、海は荒れに荒れ、僕達は船室に閉じこもっていた。

「この揺れはいつまで続くのかな？」

「今は上空で巨大な雷龍《らいりゅう》が暴れております。それが通り過ぎれば晴天になるかと」

雷龍と聞いて、僕は目を見開いて驚く。

雷龍とは神話に登場する天龍族《てんりゅうぞく》と呼ばれる龍の一種だという。

天候をも動かす巨大な力を有する幻の種族とされていて、実際にはアグウェルも見たことはないらしい。

そんな神様のような種族なら、一度は姿を見てみたいな。

目をキラキラとさせていると、アグウェルは首を左右に振る。

「龍は天災も同じです。もし機嫌を損ねれば、天は裂け海が割れる事態となります。我ら、魔族であってもひとたまりもありません。それでも会いに行かれますか？」

「それは怖いから止めておくよ」

「賢明なご判断です」

でも、遠くからでも一目見てみたいな。

僕は好奇心に負けて、船室の扉を開けて大雨が降り注ぐ甲板《かんぱん》へと出る。

そして振り返ると、レミリアとアグウェルが慌てて僕のあとを追ってきていた。

ちなみにリムルは大雨の影響で自由に動けず、不貞寝《ふてね》している。

僕は船の手すりを掴んで、大雨の中をゆっくりと歩く。

強い雨と風、それに甲板は濡《ぬ》れてツルツルと滑るから、なかなか前に進めない。

そんな僕に、甲板にいた船員が大声で注意を呼びかけてくる。

「ここは子供の遊び場じゃないぞ！　早く船室へ戻れ！」

そちらへ顔を向けた瞬間、足を滑らせて転びそうになると、アグウェルとレミリアが急いで僕を支えてくれた。

しかし、その瞬間に船が大きく揺れて、大波が甲板を襲う。

波にさらわれないように必死に船体の手すりにしがみつくけど、手が滑って空中へと放り出されてしまった。

荒れ狂う嵐の海の中へ落ちる瞬間、船の上でレミリアが何かを叫んでいるのが一瞬だけ見える。

しかし、瞬《またた》く間に波が上下左右から僕に襲いかかり、一瞬のうちに僕は水の中に呑み込まれてしまった。

口や鼻から海水が入ってきて、反射的に口を開けると、肺の中の空気が抜けていき、一気に苦しくなる。

全力で手足をばたつかせてもがくけど、体は沈む一方で、徐々に力が入らなくなってきた時——

誰かがしっかりと僕の腕を掴み、体を抱きしめた。

その体の柔らかさにハッと目を開けると、優しく微笑んでいるレミリアの顔があった。

彼女は僕を抱いたまま急激に海中を上昇し、一気に海面に二人で顔を出す。

すると雨が降りしきる空中に浮かんでいたアグウェルが、僕とレミリアを引っ張ってくれた。

「シオン様、少しヤンチャが過ぎます。肝が冷えましたよ。さあ、船へ帰りましょう」

僕とレミリアはアグウェルに抱え上げられ、空中を飛翔する。

……レミリア、アグウェル、二人とも心配させてごめんなさい。

もう船の上では危険なことはしません。

第11話　イシュガルド帝国、到着！

二日間の船旅を終え、僕達はチョンタルに到着した。

チョンタルの家々は、壁の色が黄色がかった薄茶色で、屋根は全て赤茶けた瓦《かわら》が敷き詰められている。

どの家も同じ造りなので、なかなかに壮観だ。

ここからは馬車移動となるが、特に用意をしてあるわけではない。

僕達は、馬と馬車を買うために馬の販売所を探すことになった。

町の人達から情報を聞いて、馬の販売所に行ってみると、馬の代わりに体長二メートルほどの大きさのトカゲが柵《さく》の中にいた。

僕が目を輝かせると、アグウェルが説明してくれる。

「このトカゲはレントリザードと呼ばれています。亜竜種の中では一番足が遅いですが、どんなに重い馬車を引いていても、一時間に十五キロほどの距離を楽々と走りきります。性格が従順でテイムしやすいため、この国では馬の代用として重宝されている魔獣なのです。雑食性で何でもよく食べ、あまり水分を必要としないので、砂漠地帯や荒地を走るのに適しているんですよ」

柵を両手で握り顔を近づけると、レントリザードが「グルルルル」と喉を鳴らす。

その姿がとても可愛く、手を伸ばすとレントリザードが頭をこすりつけてきた。

アグウェルがゆったりと微笑む。

「どうやら懐かれたようですね。このレントリザードの購入でよろしいですか？」

「うん、お願いするよ」

僕が頷くと、アグウェルは販売所の室内へと入っていき、二体のレントリザードと大きな馬車を購入してくれたのだった。


僕達はチョンタルの町で一泊した後、西へ向けて街道を出発した。

しばらく走っていると、地面が乾燥した荒地へと変わっていく。

アグウェルの話では、イシュガルド帝国には二本の大河が流れており、そこから沢山の支流に分かれて川が流れているそうだ。

しかし、土のせいか農耕に向いた土地は少なく、荒れ地が多いという。

馬車の窓から外を眺めていると、リムルが暇そうに腕を伸ばす。

「シオン様、馬車なんて面倒な旅をしないで、空を飛んでいこうよ」

「人族は空を飛べないから目立つでしょ。だから馬車で帝都イシュタルまで行くことにしたんじゃないか」

「えー雲の上を飛んでいけば問題ないよー」

僕の言葉を聞いて、リムルは不服そうに唇を尖らせる。

イシュガルド帝国は人族至上国で、亜人や獣人を見下す傾向があり、人族以外に対しては排他的なお国柄であるとアグウェルが教えてくれた。

アグウェルもリムルは魔族だけど、今は人族に近い容姿をしているから、普通にしている限り、他人にバレることもない。

しかし、もし空を飛んでいる所が見つかったら、人族ではないことがバレてしまう。そうなったら大きな騒動になるに違いない。

自由奔放《じゆうほんぽう》な彼女には馬車の旅は退屈かもしれないけど、こればかりは仕方がない。

可哀想だけど今は我慢してもらおう。


馬車で五時間ほど走ると、タントンという都市へと辿り着いた。

アグウェルの説明では、この町は港町チョンタルと王都イシュタルとの中間地点にあり、交易都市として栄えているという。

そのためか、都市の周りを立派な城壁が囲んでいて、なかなかに壮観だ。

城壁を越えると、大通りに敷物を敷いた商人達が、イシュガルド帝国の各地から運んできたらしき品々を売っていた。

そして人々が歩いている中には、様々な大道芸人達がいた。

頭にターバンを巻いて、笛を吹いて毒蛇を操る者や、足の下に長い木靴を履《は》いて、背丈が三メートルほどの状態で歩き回っている者……

なんだか、前世の動画サイトで見たことのあるようなものばかりだ。

もしかしたら、勇者サトウや賢者タナカが広めた芸かもしれないね。

そんな街並みを見物しつつ、僕達は宿に着いた。

このタントンで一番の高級宿だ。

安宿に泊まってもよかったんだけど、値段が安い宿はお風呂がない。

そうなると女性達が可哀想だし、僕も旅で汚れた体を洗い流したかったしね。

お風呂がちゃんとある宿となると、この高級宿しかなかったのだ。

夕食もついていて、ブリタニス王国の料理よりも甘辛かったり激辛だったり、今まで味わったことのないものばかりだ。

しかも、どれもとても美味《おい》しい。

レミリア、アグウェル、リムルの三人も異国の料理を楽しんでいるようだった。

食事が終わると、レミリアとリムルは宿の大浴場へ二人で行ってしまった。

アグウェルはといえば、帝都イシュタルまでの経路の確認と情報収集をすると言って出かけている。

一人で窓の外を見ていると、沢山の魔導ランプが通路に明かりを灯していてとても綺麗だ。

ブリタニス王国も、ある程度大きな都市ならああいった魔導ランプはあるけど、これほど数は多くないんだよね。

まるで昼のように明るい通りを見て、外に出たくなる。

でも、一人で出かけると怒られそうなので我慢しなきゃね。

何もすることがないので、ベッドにゴロリと横になって毛布に包《くる》まって寝ていると、ガタッという小さな音が鳴り、急に近くに人の気配を感じた。

「誰？」

ベッドの上で上半身だけ起こして、周囲を見回していると、首筋に冷たいものを押し付けられた。

「しー、静かにしろ。動かなければ殺しはせぬでござる」

囁くような小さな声が聞こえ、僕はコクコクと小さく頷く。

すると、首に当てられていたものが静かに外された。

恐る恐る後ろを振り向くと、灰色《はいいろ》の忍装束《しのびしょうぞく》のようなものを身にまとった、僕よりも体が小さく犬の顔をした獣人が立っていた。手に持っている短剣が、さっき首に当てられていたものだろう。

それにしても、顔がこんなに犬そのものというか、こんな獣人は初めて見た。

大体の獣人は、せいぜい獣耳や尻尾がついている程度で、たまに全身が毛深い人がいるけど……

「……君は誰？」

「お主を誘拐しに来た者でござる」

犬の人はそう言うと、僕の口を片手で塞いでいつの間にか天井に開いていた穴へと跳躍する。

そして入り込んだ屋根裏からさらに屋根の上へと移動し、僕の体を肩に担いだまま、タタタタタと家々の屋根を飛び移っていく。

ふと疑問に思い、僕は犬の人へ話しかける。

「どこへ向かってるの？」

「……誘拐されたのに度胸があるでござるな」

「だって犬さん、僕のこと傷つけたりしないでしょ」

「犬ではないでござる。これでも魔族と恐れられたコボルト族でござるぞ」

やっぱり犬の人は魔族だったんだ。

獣人とは特徴が違うから、何かおかしいと思ったんだよね。

犬の人は前を向いて走りながら、僕に向けて問いかけてきた。

「驚かぬでござるか？」

「コボルトさん、悪い人なの？」

「コボルトは名ではござらん。拙者の名はサイゾウでござる」

拙者……ござる……サイゾウ……

というかさっきから気になってたけど、この犬の人の話し方って、僕の前世の記憶にある時代劇のソレなんだよね。

まさか、勇者サトウや賢者タナカが変な言葉を魔族に教えたのかな？

段々と勇者のイメージが崩れていくんだけど。

そんなことを気にしているうちに、タントンの町外れの倉庫街に到着した。

その倉庫の一つに、サイゾウは僕を担いだまま入っていく。

そして暗闇の倉庫の中へ僕を放り投げて床に転がした。

「小僧を連れてきたでござる」

「うむ、ご苦労、手筈通りだな」

倉庫の奥の暗がりから——肥満体型のゲスガルが姿を現した。

三国の王家や商業ギルドも捜索していたのに、こんな場所に潜《ひそ》んでいたのか。

イシュガルド帝国にまで来ていたなら、三国では行方を追いきれないだろうし、商業ギルドの捜索も、国土が広すぎて隅々までは行きわたらないだろうから、見つからなかったのも頷ける。

ゲスガルはいやらしい笑みを浮かべる。

「ククク、まさか船に乗って逃げた先で、お前を見つけるとはな……たまたま見かけた時は嬉しかったぞ。やっと恨みを晴らせる」

「僕は何もしてないよ」

「ワシへの当てつけのようにロンメル商会を休業したな。そのせいで三国の王家まで動き出しおって。お前が素直に賄賂を出せば、私がこんな目に遭うこともなかったのだ」

ゲスガルは近づいてきて、僕の顎の下へ手を置く。

僕はゲスガルの顔をキッと睨みつけた。

「僕をどうするの？」

「そうだな、帝国のどこかの貴族にでも、奴隷として売りつけるか。そうなれば三国の王家も手が出せまい。お前はどこかもわからぬ地で、奴隷としてこき使われてボロボロになって死ぬのだ。ワハハハハ、これもワシに歯向かった罰よ」

ゲスガルはニヤニヤと笑むと、僕の腹を思いっきり蹴り飛ばす。

その衝撃に、僕はそのまま吹き飛ばされ、床にゴロゴロと転がる。

すると犬の人が駆け寄ってきて、僕の体を抱き起こした。

「ちょっと待つでござる。子供に怪我をさせるのはナシでござるよ」

「お前への依頼はもう終わっておる。さっさと金を受け取って去れ。魔族を雇ってやっただけでも感謝するんだな」

ゲスガルは懐に手を突っ込むと、膨らんでいる革袋を取り出して床へと投げつけた。

すると革袋の口が開き、金貨がバラバラと床に散らばる。

サイゾウは僕の体を優しく床に置いて、金貨を指で拾いながらゲスガルを睨む。

「拙者は魔族だが、お前のようなゲスではござらん」

さっきからなんとなく思ってたけど、サイゾウっていい人だよね。

なんだかモフモフしていて可愛いし。

サイゾウは腰に吊るしてある鞘から、短剣を抜いて構える。

「気が変わったでござる。お主には力を貸さぬでござるよ」

「たわけ者め——おい、お前達、出てこい！」

「「「応！」」」

倉庫の暗闇に隠れていたのだろう、荒くれ者達が飛び出してきた。

男達は手に剣を持ち、陰険な笑みを浮かべている。

荒くれ者達はサイゾウを囲むように移動し、一気に襲いかかった。

やられる！　と思った瞬間——サイゾウの体が消え、次の瞬間には荒くれ者の一人の後ろに立っていた。

「簡単にやられるわけにはいかぬでござる」

サイゾウの持つ短剣が、荒くれ者の首筋を断ち斬る。

そこへ後ろから別の荒くれ者が剣で斬りかかった。

「お主達の動きはわかっているでござるよ」

そう呟いたと同時に、一瞬で別の男の後ろへ回り込んで、サイゾウは荒くれ者の横腹へ短剣をねじ込む。

残っていた荒くれ者達が、距離を取りながらサイゾウを包囲していく。

初めて本物の戦いを見て呆然《ぼうぜん》としていたけど、このままだとサイゾウが危ない。

そう感じた僕は、懐から小さな笛を取り出して口に当てて一気に吹いた。

「〜〜〜〜！」

「それは魔笛《まてき》ではござらんか！」

サイゾウはその音を聞いて、目を丸くしていた。

そう、彼の言う通り、この笛は魔笛というアイテムだ。

魔族だけがわかる周波数の音を放つことができる道具らしい。

僕が船から海へ落ちた後、どこにいても僕の居場所がわかるようにと、リムルが持たせてくれたものだ。

「〜〜〜〜〜！」

僕が笛を吹き続けていると、荒くれ者達がサイゾウから僕の方に標的を変えて、殺気を放つ。

これはヤバいかもと思っていると、僕の傍から黒霧が発生した。

そして、それが段々と人の形になって、サキュバスの姿をしたリムルが現れた。

「呼んでくれてありがとう。愛するリムルが来たわよー」

「そんなこと言ってる場合じゃないよ。早く敵をやっつけてよ」

「りょうかーい。シオン様をイジメてるのは誰？　絶対に許さないんだから」

リムルは艶《なま》めかしい表情で周囲を見回す。

すると彼女と視線を合わせた荒くれ者達は、メロメロに蕩けたような恍惚《こうこつ》の表情を浮かべて、次々と倒れていった。

戦いの様子を見ていたゲスガルも、彼女と目が合った瞬間、口からよだれを垂らし、白目を剥《む》いて地面に倒れた。

そして倒れた者達の体から光が抜け出し、リムルの口の中へと、その光が吸収されていく。

「はーい、美味しかった」

え？　もう終わったの？

あまりの早さで戦いが終わったことに驚いた僕は、近くに倒れている男の体を指でつんつんと突いてみるが……反応はない。

もう少ししっかり調べると、荒くれ者は既に絶命していた。

「リムル姫！」

いきなり大声が聞こえてきて、そちらへ顔を向けると、サイゾウが地面に頭をこすり付けて土下座していた。

それを見てリムルは可愛く首を傾げた。

「このワンちゃん、誰？」

えー、僕がサイゾウの紹介をするの？

リムルはサイゾウを見ても記憶にないようだ。

「私の知り合い？　うーん、思い出せないけど？」

「私のような末端《まったん》の者、姫は知らぬでござる。拙者が遠くからお姿を拝見していただけでござる」

それからサイゾウが語ってくれたところによると、まだ魔王が生きていた五百年ほど昔、アグウェルは魔公爵《まこうしゃく》として恐れられ、リムルも美姫として有名だったらしい。

その時、サイゾウはアグウェルの配下で諜報員《ちょうほういん》だったという。

説明を聞いたリムルは「ふーん、そうなんだー」とまったく覚えてもいなかった。

ここで話をしていても時間を費やすだけだし、宿に戻ってきたレミリアとアグウェルが心配しているかもしれない。

僕はリムル、サイゾウと相談し、二人には人族に変化してもらい、大通りにある宿へ戻ることにした。

ちなみにゲスガル達はそのまま放置してある。

もう死んじゃってるし、連れて帰るのも大変だしね。

宿に到着して部屋に入った瞬間に、レミリアに抱きしめられる。

どうやらアグウェルは戻ってきていないようだ。

「どこに行かれていたのですか？」

「ごめんなさい……ちょっと色々あって……」

最近、レミリアに心配かけてばかりだから、不安にさせていたようだ。

ごめんなさい。

レミリアに誘拐された経緯を説明すると、彼女は剣の柄を握ってサイゾウを見据える。

その威圧に気圧されて、慌ててサイゾウが深々と土下座をした。

「どうか許してほしいでござる」

「最初はサイゾウに攫《さら》われたけど、その後は荒くれ者達から僕を守ってくれたんだ。だから許してあげてよ」

「ですが……」

レミリアは納得できないようだけど、僕の頼みを聞き入れ、怒気を鎮《しず》めてくれた。

それから、まだ夜も深いので一旦は休むことになり、サイゾウのことは後ほどアグウェルも交えて相談することになった。


朝方になってアグウェルが部屋に戻ってくると、サイゾウの姿を見て怪訝な表情を浮かべる。

「サイゾウ、どうしてお前がここにいるのだ？」

「ひー、公爵閣下、お許しをー！」

アグウェルの姿を見て、あまりにサイゾウが怯えているので、僕が代わりに誘拐された経緯を説明した。

するとアグウェルは冷たい視線をサイゾウに向ける。

「我が主を誘拐するとは――その罪を償うつもりはありますか？」

「知らぬこととはいえ申し訳ないでござる。これからシオン様を主と仰ぎ、命が尽きるまで仕える所存でござる」

「それなら今回は許します。次はありませんよ」

そう言ってアグウェルは、サイゾウのことを許した。

「また魔族ですが……よろしかったのですか？」

「仲間は多い方が楽しいからね」

レミリアはサイゾウのことを不審に思ってるみたいだけど、彼はアグウェルには絶対に逆らえないようだから、僕達を裏切ることはないだろう。

それに諜報員や忍者が仲間って、ちょっとカッコイイかも。

第12話　イシュタル観光と昇格式

その後、昼前まで仮眠を取り、遅い朝食を食べてから、サイゾウを仲間に加えた僕達五人は、宿を出発した。

夕方まで休憩を挟みながら馬車を走らせていくと、一際大きな城壁が見えてきた。

あれが帝都イシュタルか。

遠くからでも見える壁は、高さ十メートルはありそうだ。

壁の近くまで行くと、大きな門が開かれていて、尖った兜《かぶと》の警備兵達が検問を行っていた。

その前には、かなりの列ができている。

僕達の馬車も長い人の列に並び、一時間ほど待っていると、やっと順番が回ってきた。

検問を行う詰所の前に馬車を停めて、車内から降りていくと、レミリアとリムルを見て警備兵達がいやらしい笑みを浮かべる。

「ほう……これは二人とも上玉《じょうだま》じゃねーか。今晩、酒場で酌をしてくれたら、ここを通してやる」

「二人は私の娘なのです。どうかお手柔らかに」

アグウェルはそう言って、懐から貨幣の入った革袋を取り出し、警備兵の一人に握らせる。

すると革袋の中を確かめた警備兵がニヤリと頬を歪ませて、行けというように首をクイッと動かした。

大門を通り抜けてイシュタルに入ると、その規模の大きさに驚かされた。

大通りにある建物はどれも五階建てで、どれも赤茶色の瓦が敷き詰められている。

道の両端には露天商が軒《のき》を並べ、多くの人で賑《にぎ》わっていた。

商業ギルド東支部は、町の東の商業地区にあるという。

町に入って二十分ほど、ゆっくりと馬車を走らせていると、それらしき大きな建物が見えてきた。

馬車を建物の裏手にある厩舎《きゅうしゃ》に停め、サイゾウに留守番を頼んで、僕、レミリア、アグウェル、リムルの四人は建物の中へと入った。

一階の受付で、エルフィンさんから預かった封書を手渡すと、受付のお姉さんが三階の来客室まで僕達を案内してくれる。

部屋の中に入り、しばらくソファに座って待っていると、チャイナドレスのようなスリットの深いドレスを着た、綺麗な黒髪の女性が姿を現した。

彼女は軽く会釈《えしゃく》して、僕の前のソファに座る。

「君がシオン君ね。私は商業ギルド東支部の支部長のリンメイよ。まずは、派遣したギルドマスター、ゲスガルが迷惑をかけたことを私からも謝罪します」

「既にエルフィンから謝罪を受けています。なので気にしないでください。今回はお招きいただき、ありがとうございます」

「そう言ってもらえて少し気持ちが楽になったわ――ロンメル商会のことは、よく聞いているの。どの商品も素晴らしいものばかりね。ぜひ昇格式に出席して、シルバーのメダルを受け取ってね」

にこやかに微笑むリンメイさんに、僕は尋ねる。

「式はいつ行われるんですか？」

「月に一回行われているんだけど、次は二日後ね。この建物は宿も併設しているから、シオン君達もそこに泊まって、昇格式をまでゆっくりしていってね。それで、式典についてなんだけど──」

それから僕達は、リンメイさんから昇格式の流れについて一通り説明を受けた。

といっても、特に難しいことや複雑なことはないので、気構えなくてよさそうだ。

説明を聞き終わった僕達は、深々と頭を下げて来客室を後にしたのだった。

帝都の町で宿を探すのも面倒なので、早速併設されている宿に滞在することにした。

宿の受付でレミリアが手続きを行い、その後にアグウェルが部屋まで荷物を運んでくれた。

室内を確認した後に、ちょっと宿の中を探索したくなった僕は、宿のロビーへと向かった。

そこには色々な人達が椅子に座って、飲み物を片手に談笑をしていた。

たぶん、この場にいるほとんどが商人や商売の関係者だろうな。

誰も座っていないソファを見つけ、そこに腰かけて周囲を見回していると、近くにいた見知らぬ褐色肌《かっしょくはだ》の青年が声をかけてきた。

「子供が一人で、こんな場所に何の用だい？」

「二日後の昇格式に出席するために来たんです」

僕の言葉に、青年は目を丸くする。

「ということは、君はその若さで商会持ちか⁉　俺も商会持ちでね。俺の名はオルデン。イシュガルド帝国の南にあるダルシオン王国で商売をしている商人だ」

「僕はシオン。ブリタニス王国でロンメル商会の会長をしています」

「子供が商会の会長とは驚いたな。しかも、ロンメル商会の名は聞いたことがある。何でも画期的な商品を開発して販売しているって噂を、リンメイさんから聞いたな。どんな商品を取り扱っているのか、ぜひ、聞かせてくれないか」

なぜ僕の噂が広まってるの？

今日初めて会ったけど、もしかしてリンメイさんって口が軽いのかな？

人好きのする笑顔を絶やさないオルデンは会話もうまくて、僕達はすぐに仲良くなった。

「へえ、白磁器に代わるボーン食器か。白磁器よりも軽くて割れにくく、それに光沢があって肌触りもいい……それは興味があるな」

「オルデンの扱ってる商品を教えてよ」

「俺の仕入れている商品は食品関係、特に穀物《こくもつ》とスパイス類かな。スパイスは大陸の長旅でも腐ることがないからな。あとは塩、小麦、トウモロコシ、それに米も取引しているよ」

オルデンの発した『米』という言葉に、僕は興奮して思わず取り乱す。

「こ、こっこ……米があるの？」

「ん？　あるが……鳥や豚に与える肥料じゃないか。イシュガルド帝国の周辺の国々なら、うちの商会じゃなくても取り扱ってるよ」

スパイス……米……カレーが食べられるじゃないか！

僕が転生してから十年、前世の日本料理の味については、記憶がおぼろげになっているが、カレーの味だけは強烈に覚えている。

「今、スパイスと米ってある？」

「残念ながら今はないな。イシュタルまで運んできてたけど、既に商品の取引を終えてしまっているからね」

「それなら次に会った時にぜひ、米とスパイスを買わせてくれない？」

「もちろん売ってもいいが、条件がある。シオンの所で開発した香水と石鹸を取引させてくれないか？　香水の瓶は小さいし、石鹸は割れないから、長距離の商売に向いてると思ってね」

「わかった。昇格式が終わったら、本格的に交渉をしよう。よろしくね」

「こちらこそよろしく。そうだ、もうイシュタルは観光したか？　よかったら案内するぞ」

「本当に？　それじゃあお言葉に甘えようかな」

こうして僕はオルデンと明日も会う約束をして、ロビーをあとにしたのだった。


そして翌日。

オルデンと合流して、僕、レミリア、アグウェル、リムル、サイゾウの五人は、彼の案内で帝都観光に出かけることにした。

ちなみにサイゾウは、人化の術で人間に見えるように変装してもらっている。アグウェルに教えてもらったんだけど、人化の術は、魔族であれば誰でも覚えている基本的な偽装魔法らしい。勇者と魔王の戦いの時は、この魔法で人族に紛れ込んで、戦場を攪乱《かくらん》したそうだ。

オルデンの案内で歩いていると、どうしてもおすすめしたいというお店を紹介された。

大通りの中心にあって、店の外まで列が伸びていたが、そこまで言われたら気になる。

しばらく並び、やっと店の中に入って皆が大テーブルに座ると、オルデンがニヤニヤと微笑む。

「ここの帝都の中でも、この店は料理はうまいと評判なんだ。本当か嘘かはわからないが、あの勇者サトウが伝えたという『ハンバーグ』って料理が絶品だからな」

「ハンバーグ！　それは楽しみだね！」

久しぶりに聞いた料理名に、僕は思わず笑顔になる。

店員に注文をしてしばらくすると、カートに載せられて料理が運ばれてきた。

僕達六人の前に次々と、ハンバーグ、野菜スープ、白パンが置かれていく。

皆は一斉にナイフとフォークを持って食べ始めるが、僕はビックリしたまま動けずにいた。

どうしてハンバーグがパン粉の衣に覆われてるの？

「衣がカラッとしていて、肉汁も溢《あふ》れてきてとても美味しいです」

「これ、幾つでも食べられるー！」

レミリアもリムルも美味しそうにハンバーグを頬張っている。

しかし僕はちょっと納得できず、隣で食べているオルデンに声をかけた。

「衣のないハンバーグってあるのかな？」

「ん？　それは知らないな。勇者様が伝えたハンバーグは衣をつけて揚げた料理だからな。衣のないハンバーグなんて聞いたこともないぞ」

僕の問いに、オルデンは首を傾げる。

これ、ハンバーグじゃなくてメンチカツだよね。

間違った形で伝承されたのかな？

僕は料理ができないけれど、ハンバーグの作り方くらいなら覚えている。

ディルメス侯爵家の邸へ戻ったら、レミリアにレシピを教えて、本当の『ハンバーグ』を作ってもらおう。

その後もオルデンの案内で帝都観光を終えた僕達は宿へと戻り、その夜はちょっとした宴会となったのだった。


一夜明け、昇格式の当日。

僕達五人とオルデンは、商業ギルドの建物の中にある大広間にいた。

ここが今日の昇格式の会場だ。

僕達以外にも、昇格式に参加するらしき商会の人々が沢山集まってきている。

大勢の商人達が、広間の前方から椅子に座り、思い思いに話を交わしていた。

僕達五人とオルデンは、人もまばらな広間の後ろの椅子に並んで座る。

それからしばらくして、広間の明かりが少し暗くなった。すぐに式典が始まるのだろう。

明るい舞台に人々の視線が集中すると、舞台の袖《そで》からギルド支部長のリンメイさんが姿を現した。

「それではこれより、商会の功績の発表とメダルの授与を行います。呼ばれた方は壇上に上がってきてください」

壇上にいるリンメイさんが、次々と商会の名前と代表者の名前を呼んでいく。

呼び出された商会の代表者は、リンメイさんの前まで歩いていき、彼女から功績を発表されてメダルを受け取っていく。

そうして式は進み、次はオルデンの出番となった。

「次、ダルシオン王国、オルデン商会、代表者オルデンさん。壇上へ」

壇上に上がったオルデンは、リンメイさんからシルバーのメダルを貰って嬉しそうに僕達に向けて手を振る。

そして最後に僕の名前が呼ばれた。

「ブリタニス王国、ロンメル商会、代表者シオン・ディルメスさん。壇上へ」

「はい」

名前を呼ばれた僕は勢いよく答えて、席から立ち上がり壇上へ向かう。

僕がリンメイさんの目の前に立つと、彼女はニッコリと微笑んで大きな声を張り上げた。

「ロンメル商会は次々と新商品を開発し、その商品はどれも品質に優れ、人々の間で大ヒットとなりました。そしてその評判は噂となってブリタニス王国の外まで広まっています。ボーン食器は食卓を華やかにし、石鹸は人々を清潔にし、香水は人々によい香りを届けました」

リンメイさんはそこで言葉を切り、大広間の人々の注目が集まるのを待ってから、大きく頷き、話を再開した。

「そしてロンメル商会の開発したダイエット薬は、女性を美しく変身させ、世の中の女性に希望を与えました。私もダイエット薬を友人から取り寄せています。まさに画期的な商品です。みなさんの商会でも、ぜひロンメル商会の商品を扱ってください——それでは、その功績を称え、シルバーのメダルを授与いたします。シオン君、おめでとう」

「ありがとうございます」

リンメイさんから首にシルバーのメダルをかけてもらい、僕は大広間にいる人達に向けて大きく手を振り深々と頭を下げる。

すると椅子に座っていた商会の代表者達が次々と立ち上がり、大きな拍手を送ってくれた。

皆が待っている席へ戻ると、レミリアとリムルが僕に抱き着いてくる。

「シオン様、おめでとうございます」

「シオン様、かっこよかったよー」

ちょっと恥ずかしかったけど、商会のランクもシルバーに昇格したし、メダルも貰えて最高の一日だよね。


昇格式の後、レミリアとアグウェルの二人と相談し、三日ほど帝都でノンビリしてからブリタニス王国へ帰還することに決めた。

その期間にオルデンと話し合い、後日に僕からスパイスを買い付けに行くということで話がまとまった。

これでカレーを作れるかもしれないと思うと、とてもワクワクするな。

そんなこんなで観光しているうちに、帝都を出発する当日となった。

僕達は、執務室で仕事をしているリンメイさんを訪ねた。

扉をノックして部屋の中に入ると、大きなデスクに向かって事務処理をしている彼女の姿があった。

僕の姿を見たリンメイさんは作業の手を止め、椅子から立ち上がると、スタスタと歩いてきてニコリと微笑む。

「ブリタニス王国へ帰るのね?」

「はい。色々とお世話になりました」

「シオン君とはもっと話したかったわ。ロンメル商会の商品には期待しています。これからもよい商品をどんどん開発してね。もし何か相談事があったら、いつでも気軽に連絡してちょうだい」

「ありがとうございます。その時はよろしくお願いします」

僕はニコリと微笑み、深々と頭を下げた。


リンメイさんへ別れの挨拶を済ませた僕達一行は、帝都イシュタルを出発する。

オルデンも色んな町に立ち寄りながらダルシオン王国へ帰るそうで、僕達とチョンタルまで同行することになった。

途中で再びタントンの町に立ち寄って一泊し、また馬車を連ねてチョンタルまで戻ってきた。

オルデンは陸路で、ダルシオン王国の王都ダルトンへ帰るという。

「ここでお別れだな。例の交渉の件は忘れないでくれよ。ロンメル商会の商品には期待してるんだからな」

「もちろん約束は忘れないよ。ブリタスへ戻って、落ち着いたらオルデンの店を訪ねるから、その時は頼むね」

「わかった。ダルトンに来た時は長期で滞在してくれ。その代わりに店を手伝ってもらうけどな。三食昼寝付きで給金も弾むよ」

僕達二人が笑い合ってると、後ろからアグウェルが近寄ってきた。

「談笑中に申し訳ありません。私も王都ダルトンまでオルデン様に同行してもよろしいでしょうか？　先々にシオン様がダルトンへ向かわれるのであれば、私が事前に調査して参りましょう」

そう言われて、なるほどと思った。

建前上はそんなことを言っているけど、これからもオルデンと繋がりを持つのであれば、オルデンの商会を見ておきたいということかな？

アグウェルなら騒動を起こすこともないから、彼に任せておこう。

それに、いざとなれば空を飛んで王都ブリタスまで戻ってこられるからね。

僕は快く彼を送り出すことにした。

そして僕、レミリア、リムル、サイゾウの四人は、大きく手を振りながら船に乗り込み、オルデンとアグウェルを乗せた馬車はダルトンへの帰路についたのだった。

第13話　帰ってきてからが大変

それから二日間の船旅の後、王都ブリタスの港に到着した僕達四人は、王都の別邸に戻る。

そしてアレン兄上と久しぶりの再会を祝いつつ、新しい仲間であるサイゾウを紹介した。

サイゾウには、引き続き人化の術で普通の人間に見せてもらっているけどね。

その足で王都の店舗へ行くと、アロムが両手を高くあげて歓迎してくれた。

あまりの歓迎っぷりにどうしたことかと思ってロンメル商会の近況を聞くと、王都の工場、ディルメス侯爵領の工場、共にフル稼働の状態であるという。

ボーン食器、香水、石鹸は、各店を再開してから順調に売り上げを伸ばし続けている。

もしかすると人気が落ちるかもと思っていたのだが、順調なようで何よりだ。

それに今後、店を休業することがあれば、アロムとシャムも連れて、一緒に旅をしたいな。

道中で色んな町に立ち寄ったけど、どこも勉強になることばかりだったしね。

ちなみに、サイゾウも基本的には、お店を手伝ってもらうことになった。諜報の仕事が常にあるわけじゃないからな。

リムルから日々の業務を教えてもらっているけど、彼女はけっこう面倒見がいいから、サイゾウもすぐに店に慣れるだろう。

というわけで、リムルとサイゾウの二人は、転移ゲートを使ってトラントの店へと転移していった。


それから二日後、僕とレミリアは執務室の姿見の転移ゲートを使って、ディルメス侯爵家の邸を訪れた。

リビングの扉を開けると、父上とジョルドが休憩をしていた。

僕達二人はジョルドに手土産《てみやげ》の入った背嚢を渡して、ソファに腰かける。

「父上、イシュガルド帝国から戻って参りました」

「無事に帰ってきてよかった。それで城へは挨拶に行ったのか？」

「え？　……僕一人で正式に城へ行ったことはないですけど」

「そうであったな。では私も同行するから一緒に王城へ向かおう。フィーネ王女殿下が心配しているそうなのでな」

どうやら僕達がいない間、王都の別邸に遊びに来たフィーネが、アレン兄上に僕のことが心配だと零していたらしい。

僕と父上は姿見の転移ゲートを使って、再び王都の別邸に戻り、馬車に乗って王城へと向かった。

そして父上と二人で来賓室へ行き、メイドに頼んでエドワードさんへ、フィーネと会いたい旨を伝えてもらった。

しばらく待っていると扉が開いて、フィーネが姿を現した。

僕の顔を見ると嬉しそうに微笑み、対面のソファにピョンと座る。

「おかえりなさい。無事に戻ってきたのね。イシュガルド帝国の町並みはどうだった？」

「帝都の町の規模は、ここの王都よりも三倍は大きかったと思う。建物も五階建ての建物が多かったよ」

僕は身振り手振りを交えて、フィーネに旅の出来事を詳細に説明していく。

船から海へ落ちたことを話すと、彼女にすごく怒られた。

僕は懐からシルバーのメダルを取り出してフィーネに手渡す。

「これはイシュガルド帝国の商業ギルドで貰ったシルバーのメダル。記念品だけどフィーネにあげるね。はい、お土産」

「そんな大事なものを貰っていいの？」

「うん」

フィーネはメダルを両手で抱きしめ、小さな声で「ありがとう」と囁いた。

これで用事も済んだから帰ろうとすると、彼女に呼び止められた。

「待って、シオンが城に来たら教えてとお母様に言われてるの。一緒にお母様のお部屋まで行きましょ」

セレーネ王妃が？

フィーネの部屋には姿見の転移ゲートで何度か行ったことがあるけど、当然ながら王妃様の部屋へは行ったことがないよ。

僕がためらっていると、フィーネが僕の手を掴んで来賓室の外へ連れ出そうとする。

「ちょっと待って。父上が一人になってしまうから」

「私のことは気にせずに王妃様の所へ行きなさい」

後ろから声をかけられて振り返ると、父上は笑いながら手を振っていた。

城の最上階まで階段を上っていき、フィーネは豪華な部屋の前で立ち止まると、その扉をノックする。

するとと室内から「入っていいわよ」という王妃様の声が聞こえてきた。

フィーネと二人で部屋の中へ入ると、セレーネ王妃はソファに座って優雅に本を読んでいた。

「シオン君、イシュタルから戻ってきたのね。おかえりなさい。イシュガルド帝国の旅はどうだったかしら」

「はい。すごく楽しかったです」

フィーネと一緒にソファに座り、僕はさっきと同じように、今回の旅について話して聞かせる。

もちろんオルデンの店を訪ねて王都ダルトンへ行く予定であることも伝えた。

話している間、セレーネ王妃はニコニコと微笑み、とても楽しそうにしていた。

そして僕の話が終わると、顎に手を当てて呟いた。

「そうなると、シオン君、これからはこのラバネス半島以外でも商売を始めるのね」

「はい。今回の旅で知り合ったオルデン商会と取引するつもりです」

「では、新しい商品を開発するのもいいかもしれないわね。私も商品のアイデアを出して協力するわ」

セレーネ王妃は首を傾けて微笑む。

そうだな……もうそろそろ新しい商品を開発してみようかな。

父上と一緒に王城へ行った翌日、アグウェルがダルシアン王国の王都ダルトンから戻ってきた。

簡単な報告を受けた後、早速僕はレミリアとリムルを呼び出して、アグウェルも含めて四人で新商品のアイデアについて話し合いをすることにした。

「やはり女性をターゲットにした方がよいでしょう。これまで商品を買ってくれた女性達が顧客として、新商品を買ってくれるはずです」

「私も女性用の商品を開発することに賛成です」

アグウェルの意見にレミリアも賛同する。

今までの商品は女性に人気の商品ばかりだから、新商品も同じ方向性でアイデアを出した方がいいかもね。

「それじゃあ、何か思いつくことはある？」

僕の言葉を聞いて、何を考えたのかリムルが不満そうな表情で口を尖らせる。

「王都に住んでる女性の下着や衣服って可愛くないのよね。もっと可愛い服が欲しいわ」

「私も女性用の洋服がいいと思います。色々なデザインの肌着や下着があってもいいですね」

女性はオシャレに敏感だから、もっと様々な種類の衣類があった方が嬉しいよね。

「それじゃあ、女性用の衣服や下着を作ることにしようか」

僕は机の引き出しから羊皮紙、インク、ペンを取り出し、前世の日本の記憶を思い出しながら、頭に浮かんだものをサラサラと思いつくままに描いていく。

女性向けの服飾品であまりこの世界になさそうなものでいくと……セーラー服やブレザー、ブラジャー、そしてストッキングあたりかな。

ロングスカートとかワンピースのような普通の女性用の服は、この世界でもよく見るんだよね。

描いたデザインを眺めながら僕の説明を聞いていたレミリアが、セーラー服の画を指差す。

「セーラー服とブレザーは街の洋服店に行けば売っていますね」

「新しいデザインだと思ったんだけどな」

まさかあるとは思わなかった。

「セーラー服とブレザーは、神話時代、勇者様御一行が各地に広めた洋服だと、巷《ちまた》では噂が広まっています」

なるほど、そういうことか。

勇者一行はいったい何を広めてるんだよ。

そういえばイシュガルド帝国へ行った時も、色々なデザインの洋服を着ている女性をよく見かけたな。

リンメイさんもチャイナドレスのようなスリットの深い服を着ていたよね。

洋服のデザインって難しいな。

僕が考え込んでいる横で、リムルが羊皮紙を見て両手を握りしめる。

「この胸当て、刺繍《ししゅう》を入れたら、もっと可愛くなりそう。ショーツも、もっと色々なデザインがあったらいいなって思ってたんだよね」

この世界では、胸を隠すのは基本的にはサラシみたいな布を巻くのが普通だと聞いたことがある。

「このストッキングは斬新な発想ですね。普通のタイツよりも薄いということでしょうか」

「ほう、それは画期的な商品になりそうですね」

リムル、レミリアだけでなく、アグウェルも満足そうに大きく頷く。

前世の日本の記憶を辿って、女性用衣服のデザインを描いただけだから、僕が考えたわけじゃないけどね。

セーラー服が広まっているなら、僕が描いたものも広まってそうだけど、そうでもないんだな。

こうして皆で話し合いを続け、僕のデザインを元に色々なアイデアを加えて、試作品を作ってみることになった。

そこでちょっとした問題が二つ発生した。

一つは、僕に服装のデザインセンスがないこと。

これについては、僕の魔法陣では服そのものの形になるまでは作らず、布を作製するに留めることで解決することにした。

布地があれば、誰でもデザインに合わせて衣類を縫えるからね。

もう一つは、衣服や下着を作るためには糸や布が必要なんだけど、この世界には麻、綿、絹ぐらいしか素材がないことだ。

麻や綿は肌触りが今一つだし、絹は高価だから、庶民ではなかなか手が出ないんだよね。

僕の商会は、庶民のお客さんが多いし、できるだけ安価で商品を提供したい。

そこで思いついたのが、前世の記憶にあった合成繊維だ。

ナイロンやポリエステルとか、あとは綿と合わせた布地もあったっけ。

僕ならば、前世の日本にあった肌触りのいい布を《万能陣》を利用して作ることができる。

ということで、合成繊維を作ることにしたんだけど……イメージを具体的に固めるのに、その元になる素材が必要になる。

一つは綿を使うとして、他に何を加えればいいかな?

たしかナイロンなどは石油から作られていた気がするけど、細かく覚えていないし、そもそも石油をこの世界で見たことがない。

しばらく考えてみたけど答えが見つからず、僕はアグウェルに相談してみることにした。

すると彼は少し考えて、右手の指を二本立てた。

「私の知る中で布の素材になりそうなものは二つ。一つはキラースパイダーの糸です。キラースパイダーは空気中の魔力が濃い森の奥深くに生息する魔獣で、口から糸を吐き出して標的を捕獲します。その糸は非常に強靭で光沢もあり、糸や布にすれば絹をも上回る素材となるでしょう。しかしキラースパイダーの個体数は少なく、ベテラン冒険者でも捕獲するのは難しいかと」

もし女性用衣服を量産するとなれば、冒険者ギルドにキラースパイダーの捕獲を依頼することになるけど、捕まえるのが困難なら当然ながら報酬も高値になる。

そうなれば、庶民でも手が届く品はちょっと無理かもしれないな。

僕が難しい表情をしていると、アグウェル右手の指を一本にする。

「もう一つの案はスライムです。スライムの体は伸縮自在であり、体表はツルツルとしており光沢もあります。通常の方法では糸や布にするのは難しいでしょうが……シオン様のスキルがあれば布地に加工することは可能と考えます」

既に僕の固有スキル《万能陣》については、アグウェルとリムルに説明してある。

確かに、僕のスキルだったら、スライムの体液から何かしらの布は作れそうだ。

スライムであれば、近くの森にも沢山いるし、新米冒険者でも狩ることができるから、冒険者への依頼報酬も安く抑えることができる。

まずは試してみる価値はあるだろう。

早速アグウェルに、王都近くの森へスライムの捕獲に向かってもらい、リムルには木綿を買うため街へ出向いてもらった。

しばらくするとリムルが木綿の布を一反も買って戻ってきた。

そして一時間後、大きな樽を両手に抱えて、アグウェルも執務室へと帰ってきた。

その樽の中を覗き込むと、スライムの体液が大量に入っていた。

ちょっと素材の量が多いけど、小分けにすればいいよね。

イメージの元になる素材が揃ったので、僕は《万能陣》を使って、羊皮紙に【合成繊維の布】の魔法陣を描いていく。

次にスライムの体液が入った樽へ木綿の布を入れて、魔法陣の上に載せて魔力を流す。

すると魔法陣が光り出し、樽の中の木綿が散り散りに分解され、スライムの体液と混ざっていく。

そして魔法陣の光が消えた頃には、樽の中で合成繊維の布が完成していた。

アグウェルが合成繊維の布を取り出して、両手で広げて軽く引っ張る。

すると、布はびよーんと伸び縮みしたけど、破れることはなかった。

どうやら伸縮性が抜群な布ができたようだね。

布の表面はツルツルとして光沢があり、肌触りもいい。

素肌に触れるものだから、ピッタリだよね。

「この布なら、女性の体型に合った衣服や下着を作ることができますね」

執務室へ様子を見に来たレミリアが、布地を触りながら嬉しそうに微笑む。

今回できた布はストッキングにするには厚いから、もっと薄くなるようにした魔法陣を描いてもいいな。

さて、布地ができたのだから、次に何か女性用の衣類を試作してみたい。

レミリアとリムルに問いかけてみると彼女達はヒソヒソと話し合い、少し顔を赤らめる。

そしてリムルが元気よく手を上げた。

「レミリアが可愛い下着が欲しいって」

「それを言ったのはリムルの方でしょ。でもシオン様の作られる下着には興味があります」

さっき描いたやつのことかな？

転生前の記憶にある女性用の下着を描いただけだから、あんまりデザインはわからないんだけど……

でも二人の願いだから、前世の記憶の中にある雑誌で読んだ女性用の衣類を参考に、デザインを描いてみよう。

下着はよくわからないのでビキニタイプの水着や、ボディラインにフィットするようなドレスを羊皮紙に描いていく。

すると、レミリアもリムルも嬉しそうに興奮して目を輝かせた。

「このドレスのデザインを元にすれば色々なアイデアが浮かびそうです」

「こんなに体にぴったりとした下着は見たことない。まさに私好みのデザインよね。私も可愛い下着を自分で作ってみたいなー」

「それじゃあ、二人にはデザインを描いてもらって、それを服の形にできる職人さんを探そうか」

二人にそう声をかけ、僕とアグウェルが今後の相談をしようとすると、リムルが僕のデザインを参考に、衣類のパターンを作ると言い出した。

さらにレミリアも、パターンさえあれば、衣類を作れるという。

レミリアが優秀なことはいつものことだけど、リムルにそんな才能があるなんて知らなかったよ。

まぁ、彼女も一応は魔族の貴族令嬢だから、色々な教育を受けているんだろうな。

というわけで、この日はできあがった布を二人に預けて、解散となった。


二人が合成繊維の布を嬉しそうに持ち帰った二日後、レミリアとリムルが共同で作った女性用衣類のお披露目会《ひろめかい》となった。

執務室で二人を待っていると、別部屋で着替えていたレミリアとリムルが姿を現した。

レミリアが頬を赤く染めて、僕にチラリと視線を向けてくる。

「いかがでしょうか？」

「すっごく綺麗だよ。まるで花から生まれたみたい」

レミリアが着ているのは、体にフィットした黄緑色のワンピースドレスで、まるで大自然の空気のように澄んだ雰囲気で、気品があって美しい。

とても彼女に似合っていると思う。

僕がレミリアを褒めていると、リムルがポーズを決める。

「レミリアばっかり見てないで私も見てー　似合ってるかな？」

「すっごく綺麗だけど、あまり近寄らないで」

リムルが着ているのは、紫色のビキニの上下で、パレオ付きだ。

下半身はパレオで隠されているけど、豊かな胸がビキニからはみ出ているようで、僕には刺激が強くてまっすぐに見てられないよ。

それでなくてもリムルは色香が溢れているから対処に困るのに。

二人のお披露目会が終わると、リムルが女性用衣類のデザインをしたいと言い出した。

リムルは魔族だから、人族とは違った感性もあるし、衣類のパターンも作れるから、彼女がデザイナー兼パタンナーを務めてくれるならとても助かる話だ。

でもリムルだけでは心配なので、レミリアに彼女の補佐をお願いすることにした。

もし量産するとなれば、新しく縫子を集めればいい。パターンさえあれば、縫子達で衣服を作れるからね。

こうしてロンメル商会に、女性用衣類ブランド『シグリル』が誕生したのだった。

最初に作る商品は、合成繊維で作ったブラジャー改め『ブラーフ』と、ストッキング改め『ストック』。

それから同じく合成繊維を使っていることを売りにして、既存の肌着やショーツも売ることにした。肌着は『キャミ』、ショーツは『パンテル』と名前を付けた。

製品名を付けたのは、『シグリル』の商品であることを街の人達に覚えてもらうためと、他の商会の商品と区別するためだったりする。

ちなみに、ストッキングについては、専用の布を作ってみたものの、薄くて伸縮自在の布は、レミリアでもうまく縫うことができなかったので、【ストッキング】の魔法陣を描くことにした。

この魔法陣の上にストッキングの布を置いて、魔力を流せば、それだけで製品にできちゃうんだよね。

ちなみに伸縮自在の布といっても伸び縮みに限度があるから、普通の衣服には使用できなかったりする。

各商品の試作品が完成した後日、他の女性達にも試着してもらうことになった。

協力してくれたのは、セレーネ王妃、フィーネ、マリナ女王、シャムの四人だ。

リムルは際どいビキニを作ると言い張ったが、王族に露出が大きい衣類を試してもらうのは無理がある。シャムなら多少は許してくれるとは思うけど……。

というわけで、候補に挙がった四人には、試作品のワンピースドレスを配り、試着してもらった。

感想を聞いてみると、皆の反応はどれも大好評だった。

よほど服が気に入ったのか、セレーネ王妃とフィーネがライオネル陛下に頼んで、王都に工場も建ててくれることになった。

僕は急いで執務室にある転移ゲートを潜り、セレーネ王妃とフィーネの元へ向かい、丁寧に感謝を述べたことは言うまでもない。

それから三週間後、無事に工場は完成し、シグリルの女性用衣類の量産を開始した。

そして王都ブリタスの店頭に商品が並ぶと、すぐに女性達の心を捉え、次々と品は売れていき、瞬《またた》く間に完売となった。

発売日以降は、毎日のように店に入りきれないほどの数の女性客が殺到し、長蛇《ちょうだ》の列ができるようになったほどだ。

ブリタスでの売り上げがあまりにもよかったので、ナブル、トラントの各店舗でも、シグリルの商品を売り出すことになった。

そうして三都市では噂が噂を呼び、シグリルの衣類は大ヒットとなっていった。

二カ月が過ぎる頃には、その噂はラバネス半島の全域へと広まっていく。

こうなれば、半島の外――グランタリア大陸全土へ売りに出していいかもしれない。

ただ、イシュガルド帝国には知り合いの商会がないので、僕はオルデンの元へ向かうことにした。

チョンタルでオルデンと別れた時に、ダルトンにある彼の商会へ遊びに行くと言っていたからね。

第14話　ダルシオン王国へ

ダルシオン王国行きを決め、一週間ほどで旅の準備を整えた僕、レミリア、アグウェル、サイゾウの四人。

荷馬車を二台連ねて、大量のシグリルの服を積んで、オルデンのいるダルシオン王国へ向けて出発した。

もちろんサイゾウには、人化の術で人族に変化してもらっている。

リムルも一緒に旅をしたいと言ったけど、トラントの店舗が忙しく、今回の旅はお預けにしてもらった。

二日間の船旅は海も平和で、すごく快適だった。

イシュガルド帝国の港町チョンタルに到着した僕達は、宿で一泊した後に街道を南下する。

そして街道の町々で宿を取りながら、二日ほど荷馬車で走り続けると、カトリ砦が見えてきた。

このカトリ砦はイシュガルド帝国とダルシオン王国の国境線上にあり、ここを抜ければダルシオン王国となる。

砦の警備兵が賄賂を要求してくるので、仕方なくアグウェルが貨幣の入った革袋を渡していた。

どうやらイシュガルド帝国では、警備兵に賄賂を渡すことが慣習となっているようで、もし渡さなければ嫌がらせを仕掛けてくるらしい……困ったものだよね。

その後、砦を抜けてから近くの町で一泊し、翌日の夕方にダルシオン王国の王都ダルトンに到着した。

以前この町に来たことのあるアグウェルの案内で、馬車は商業地区の大通りに向かって走っていく。

商業地区に入って宿を取った僕達は、少し休憩をしてから大きな通りを進んでいくと、オルデンの商会の看板がかかっている、三階建ての建物を見つけた。

店の中にはお客さんが沢山いて、なかなか繁盛しているようだ。

店の前に荷馬車を止めて地上に降りると、ちょうどオルデンが店先に姿を現した。

「あれ、シオンじゃないか。手紙では商会が忙しいと書いてあったけど、ダルトンに来ても大丈夫だったのか？」

実は王都ブリタスにいた時、冒険者に依頼して定期的にオルデンに手紙を送っていたんだけど、最近はシグリルの商品の件で忙しくて手紙を出していなかった。

そこで、ちょっとオルデンを驚かせたい気持ちもあって、今回は彼に手紙で知らせることなく、ダルトンまでやってきたのだ。

「早くスパイスの取引がしたくてね。それで予定を早めて来たんだ。僕も沢山の商品を持ってきたよ」

「そういうことか、それなら大歓迎だ。自分の家だと思ってゆっくりしていってくれ」

店舗の裏手にある厩舎に荷馬車を停めて、オルデンにも手伝ってもらって僕達は積み荷を下ろしてく。

僕達が持ってきた荷の中身は、シグリルの服の他に、香水、石鹸、ボーン食器だ。

これらの商品は、オルデン商会のスパイスと交換で、彼の店に卸す予定になっている。

オルデンが僕の商会の商品を気に入ってくれたなら、今後も定期的に彼の商会に商品を卸すことになるだろう。

荷の中のシグリルの女性用衣類を見たオルデンが、目を丸くして驚く。

「また商品を開発したんだな。これって女性用の衣類か？　本当にこんな商品が売れるのか？」

「大丈夫、ロンメル商会の店舗では大ヒットだったから」

「そうか、それなら今から試しに、うちの店に商品として並べて売ってみよう」

オルデンは楽しそうに微笑む。

アグウェル、レミリア、サイゾウの三人にも手伝ってもらって、皆で店の棚にシグリルの服を置いていく。

一緒にボーン食器、香水、石鹸なども棚に並び終え、僕はサイゾウに声をかけた。

「サイゾウに聞きたいんだけど、人化の術って女性にも変化できるの？」

「できるはずでござるが……やったことはないでござる」

「じゃあ、お願いがあるんだ。女性に化けて、シグリルの試作品を着用して店先で宣伝してよ」

「え！　さすがにそれはイヤでござるよー」

僕のお願いを、サイゾウは首を激しく横に振って嫌がった。

僕とサイゾウが騒いでいると、近くて作業をしていたアグウェルが彼に冷たい視線を送る。

「主であるシオン様の指示に従えないと言うのですか？」

「いえいえ、喜んで着てくるでござるよ」

サイゾウは慌てて店の二階へと階段を上っていった。


しばらく待っていると、女人化したサイゾウが、シグリルの服を身に着けて姿を現した。

サイゾウが着ているTシャツとミニスカートは、シグリルの試作品である。

その他にもシグリルの商品であるブラーフ、パンテル、ストックも装着してもらっている。

どうせ見えない下着まで着る必要はあるのかとは思いつつ、「こういうのは見えないところまでこだわるものです！」というレミリアの言葉があったそうだ。

それにしても……店内でスッと立っているサイゾウの女人姿は、なぜかリムルによく似ている。

人化をする時のイメージが、身近にいるリムルだったのかもしれないな。

以前サイゾウに、人化する時はイメージした姿になりやすいという話を聞いたことがある。

リムルはかつての主の姫君だから、サイゾウもイメージしやすかったのかもね。

そんなことを思っていると、ふと頭の中にある考えが浮かんできた。

そして僕はサイゾウに近寄って耳打ちする。

「今日からサイゾウの名はミムルだからね。それじゃあ、店の前に立ってシグリルの商品をどんどん売ってね」

「名前まで付けられると、ちょっと抵抗があるでござる」

「アグウェルに言っちゃうよ」

「う～鬼でござる～」

サイゾウは青い顔をしてトボトボと店先まで歩いていくと、両方の手のひらを口元で広げて大声で宣伝を始めた。

「もうヤケクソでござる……通りを歩いてる方々、拙者の姿を見てほしいでござる！　ブリタニス王国で大ヒットしている女性用衣類ブランド、シグリルの商品でござるよー！　本日入荷の品でござるー！」

驚くべきことに、その声は女性のものだった！

サイゾウの声に反応し、道を歩く人々がサイゾウに注目する。

声まで女性に変えられるなんて、魔族の人化の術ってすごいな。

……口調はいつものままだけど。

すると、店の奥で他の仕事をしていたオルデンが歩いてきて、僕の肩を鷲掴みにする。

「誰だい、あの美少女は？」

「ここまで一緒に来た僕の商会のミムルだよ」

「あんな可愛い女子がいたなんて知らなかったな。ちょっと一緒に声を出してくるよ」

そう言ってオルデンがサイゾウの隣へと走っていった。

あれ？　ちょっとオルデンの頬が赤くなっていたような？

あの美少女はサイゾウなんですけど……このことは黙っておいた方がいいのかな？

女人化したサイゾウが道行く人々へ声をかけると、彼女？　の姿を見て、男性達は二度見して足を止めていく。

すかさずその男性達に、オルデンが声をかける。

「ご婦人やお付き合いしている彼女へのプレゼントにどうですか？　シグリルの服は、どれも素材がよく、奥さんにも恋人にも喜ばれること間違いなしだよ！　ブリタニス王国では売り切れ続出のヒット商品だ！　今ならまだ在庫があるから見ていってくれ！」

「ちょっと、その衣類を見せてくれ」

一人の男性がオルデンの言葉に誘われるように店の中へ入っていく。

その姿を見て、店の周囲で躊躇していた男性達が店の方へ歩いてきた。

王都ブリタスの店舗では、お客さんのほとんどは女性だったけど……女性用の衣類なのに、なぜ男性の客が買っていくの？

もしかすると、これってサイゾウが宣伝している効果なのかな？

まさか自分で付けるとか？　……そんなことはないよね？

思わず色々と考え込んでいると、隣に来たレミリアがそっと教えてくれる。

「男性でも、奥様や恋人、自分の身近な女性が綺麗になると思えば、プレゼントの一つぐらい買って帰りたくなるものです。あれはオルデンさんの誘導がうまいのです」

なるほど……さすがはオルデン、やり手の商人だね。

徐々に店の中に入ってくるお客さんの数が多くなり、僕、アグウェル、レミリア、オルデンの四人も、接客に追われることになった。


そうして売り続けて、太陽が沈みかけ、そろそろ店を閉めようという頃には、僕達が持ってきた品の半分は売れてしまった。

シグリルの服の売れ行きも凄まじかったけど、ボーン食器、香水、石鹸なども好評だったな。

このままでは明日にでも、全ての品が完売しそうな勢いだ。

そうなれば、もう僕達の売る商品がなくなってしまうよ。

ちょっと困ったことになったと首を捻っていると、アグウェルが耳元で囁く。

「夜遅くなれば空も暗くなりますし、私とサイゾウが王都ブリタスの店舗にある商品を取って参りましょう。その時にリムルもこちらへ連れて参ります。オルデン様には、リムルが後発として商品を運んできたことにすれば誤魔化せるでしょう」

よくわからないけど、アグウェルには商品を運ぶ何らかの方法があるようだ。

彼に任せておけば大丈夫だろう。

さらに、アグウェルが姿勢を正して言葉を続ける。

「それと、もしサイゾウの正体がバレそうであれば、そのまま話してもいいかもしれません。オルデン様ならきちんと理解してくれるでしょう」

「そうだね。オルデンは人がいいからね」

アグウェルの言葉に、僕はニコリと微笑んだ。

段々と辺りが暗くなり、空に星が瞬《またた》く頃、オルデンと一緒に店仕舞いをして、僕達は食事に出かけることになった。

オルデンおすすめの店は激辛専門店とのことで、スパイスの効いた料理がテーブルに並ぶ。

それを女人化したままのサイゾウがパクパクと、手あたり次第に口の中へ放り込んでいく。

その姿を見て嬉しそうにオルデンは微笑んだ。

「その料理はスパイスの効いたタンドリーチキンだ。美味しいかい？」

「どの料理もほどよくピリッと辛くて美味しいでござる。いくらでも食べられるでござるよ」

「どんどん食べてくれ。君達のおかげで店は大繁盛だったからね。いくらでも料理を頼んでもいいよ」

二人が上機嫌に会話しているのを眺めていると、隣に座っているレミリアが、僕の脇腹を肘《ひじ》でツンツンと突く。

「どうやらオルデンさんは、サイゾウのことが気に入ったらしいですね」

「今はサイゾウじゃなくてミムルだからね。サイゾウって言っちゃうとオルデンにバレちゃうよ」

僕が小声で応えると、レミリアは不思議そうに首を傾ける。

「では、ミムルが男だとオルデンさんに教えないのですか？」

「世の中には知らない方が幸せってこともあるよね」

僕はニッコリと微笑む。

すると、僕達の様子を察知したアグウェルが無言のまま大きく頷いた。

お腹いっぱいになるまでご馳走《ちそう》になった僕達は、オルデンと別れて宿へと帰った。

その後、アグウェルはサイゾウを連れて、ブリタニス王国の空を目指して飛び去っていった。

サイゾウも空を飛翔できるなんて。

魔族って全員、空を飛べるのかな？

ちょっと羨《うらや》ましいかも……

そして翌日の朝、宿の室内で僕とレミリアが目覚めると、顔が青いサイゾウが、グッタリと壁にもたれて眠っていた。

荷物が気になったので、レミリアと一緒に宿を出て、オルデンの店舗に向かうと、アグウェルとリムルが、荷馬車二台分ぐらいありそうな荷物を整理していた。

魔族三人とはいえ、あんな大荷物をどうやって持ってきたんだろう？

僕が歩み寄っていくと、リムルは腰に両手を当てて、頬を膨らませる。

「シオン様、私を置いていくなんてヒドイー」

「リムルはトラントの店があったんだから仕方ないじゃないか」

「私はやっぱりシオン様と一緒がいい」

そう言ってリムルがギュッと抱きしめてくる。

彼女に豊満な胸に顔を挟まれて息ができない。

このままでは窒息すると焦っていると、横から手が伸びてきて、レミリアがリムルを引き剥《は》がした。

「こんな路上ではしたないですよ」

「うー、レミリアのいじわる」

リムルはレミリアをじっと見て口を尖らせる。

性格はまったく違うけど、二人はすごく仲がいいんだよね。

僕達三人が和《なご》やかに話をしていると、アグウェルは「サイゾウを起こしてきます」と言って宿へと去っていった。

その後ろ姿に僕は思わず合掌《がっしょう》する。

サイゾウは疲れてるみたいだから、お手柔らかにしてあげてね。

その後、戻ってきたアグウェルから、荷馬車ごと海を渡ってくるというとんでもない方法を使ったと聞かされた。

そんな荒業をさせられたのなら、サイゾウが疲れていたのも頷ける。

僕、レミリア、アグウェル、リムル、男性の姿で人化したサイゾウの五人が店舗の前で待っていると、オルデンが通りの向こうから歩いてきた。

「おはよう。皆早いな……あれ？　昨日と違う顔ぶれがいるね」

「昨日の夜に、後発だった荷馬車が到着したんだ。紹介するね、リムルだよ」

「リムル？　昨日のミムルとすごく似てるけど姉妹なの？」

「うん……ミムルはリムルの妹なんだ……」

僕がボソボソと応えると、何かを察知したリムルはサイゾウを睨んで「後でちょっと話を聞かせてね」と言っているのが聞こえた。

サイゾウは今にも死にそうなほど顔色を青ざめさせている。

そんな僕達の様子に気づかず、オルデンが周りをキョロキョロと見回す。

「あれ？　昨日いたミムルの姿が見えないけど？」

「妹なら私と交代でブリタニス王国へ帰りました……アハハハハ」

「そうなのか、せっかく知り合えたのに、ちょっと残念だな」

リムルが引きつった笑顔で苦しい言い訳をすると、オルデンはちょっと寂しそうに笑う。

もしかするとオルデン、ちょっとミムルに気があったのかな？

ミムルの正体がサイゾウだなんて、今更言えないし……


それから僕達はオルデンを手伝って、皆で開店の準備を始めた。

アグウェル達が昨夜運んできた商品を、店内の棚に補充をしていると、二階でカラフルなTシャツと超ミニスカートに着替えたリムルが下りてきた。

そして僕の前に立つと髪をかきあげてポーズを決める。

「シオン様、私に似合ってる？」

昨日、サイゾウが変化したミムルを見て、リムルに似てると思ったけど訂正します。

リムルがこの格好をしてたら、蠱惑的な魅力が全開になって、そのへんを歩いてる男性達が悩殺されちゃうよ。

これって絶対にアカンやつや……

思わず頭を抱えていると、オルデンがやってきた。

そしてリムルの姿を見た途端、鼻血をタラリと垂らして地面にガクリと膝をつく。

「大丈夫か、オルデン！」

「今日で命を失っても後悔はない」

「うわーオルデン、しっかりして！」

「シオン様、いったい、どうされたのですか？」

店の奥から出てきたレミリアが僕、オルデン、リムルの様子を見て、何かを悟ったようにリムルを二階の部屋へと問答無用で連れていった。

気を取り直したオルデンは腕で鼻血を拭いて目を輝かせる。

「よし、これで一日頑張れる」

なんだか仲間がすみません。

そして、二階からドタバタという音が聞こえてきて、しばらくするとレミリアもリムルと同じ姿となって階段を下りてきた。

その姿を見て、またオルデンは鼻血を垂らして地面に膝をつく。

あれ？　リムルを着替えさせるために二階に行ったんだよね？

「どうしてレミリアも、そんな服装をしているの？」

「すみません……リムルが強引に……」

「いや、すごく似合ってて綺麗だよ」

「シオン様……」

僕が褒めると、レミリアが嬉しそうにする。

「シオン様、私も褒めてよ」

僕とレミリアが見つめ合っていると、リムルが強引に僕の体をギュッと抱きしめてきた。

うう……このままだとまた豊満な胸に圧迫されて息ができない。

そこへ歩いてきたアグウェルが手をパンパンと叩いた。

「いい加減、遊んでないで、さっさと店を開けますよ」

「「「はーい」」」

それから少し経って、レミリアとリムルが呼び込み役、僕、アグウェル、サイゾウは接客係として、オルデン商会の一角を借りて営業を開始した。

レミリアとリムルが通りを歩く人々へ、元気よく声をかける。

「今、ブリタニス王国で大流行の女性用衣類ブランド、シグリルの商品です！　このブランドの衣類を着ると女性がとても綺麗になります！　彼女へのプレゼントにいかがでしょうか！」

「お兄さん、いい商品があるわよー！　女性にプレゼントすれば必ず喜ぶ、女性用衣類ブランドの『ブラーフ』、『パンテル』、『ストック』のセットもあるよー！　他にも香水と石鹸もありまーす！

彼女にシグリルの商品を着てもらえば、夜がすっごく楽しみになるわー！」

レミリアの呼びかけはちょっと言葉と雰囲気が硬いかもね。

同じように呼び込みをしているのに、なぜかリムルの言葉の方がエロく感じるのは僕だけだろうか？

まるで酒場のお姉さんから勧誘されてるような気持ちになってくるな。

二人の呼び込む姿を見て、オルデンがポツリと呟く。

「ここにミムルもいてくれれば、もっと華やかだったろうな……」

その言葉を聞いて、僕は良心が痛み、店の隅にいたサイゾウの元へ歩み寄る。

「サイゾウ、お願いだから、もう一度ミムルになってくれないかな？」

「え？　ミムルはブリタニス王国へ帰ったことになってるでござる」

「そんなのは適当に言い訳を考えればいいから、すぐに着替えて女性に変化してきて。もし言うことを聞いてくれなかったら、アグウェルに言うからね」

僕の言葉に、サイゾウは首をガクガクと縦に振って、二階へ続く階段を上がっていく。

しばらくして、ミムルとなったサイゾウが店内に戻ってきた。

そして元気よく店先まで走っていって、元気よくレミリアとリムルの隣に立って、路上の人達に向けて声をかけ始めた。

その姿を見て、慌てたようにオルデンが僕に駆け寄ってくる。

「彼女は昨日の夜にブリタニス王国へ向けて出発したはずだよな？」

「うん。何か忘れものがあったみたいで、取りに戻ってきたんだって。それで今日は店を手伝ってくれるって言ってたよ」

「そうなのか、やっぱりミムルってリムルと姉妹だけあって美少女だよな。それにとても可愛いし」

「そうだね……」

やっぱりオルデンはミムルのことが気になってるよね。

これではホントのことなんて話せないよ。

ちょっとしたイタズラのつもりだったんだけど……オルデン、ホントにごめんなさい。

あと、リムルがミムルのことを凄い目で見てるんだけど……サイゾウもごめん。

第15話　オルデン商会にトラブル発生!?

オルデンの店でロンメル商会の商品を売り出し始めて、一週間が過ぎた。

僕達が持ち込んだロンメル商会の全ての商品は、売れに売れた。

あまりにも売れるものだから、どんどん売り場が拡大していったほどだ。

アグウェル、リムル、サイゾウには、何回も海を渡って王都ブリタスの店舗へ商品を取りにいってもらっている。

オルデンには後発の荷が届いたと、嘘の言い訳をしているけどね。

彼は何も聞いてこないけど、薄々おかしいと気づいてるようだ。

いつかオルデンに魔族のことを言えたらいいなと思う。

ともあれ、ロンメル商会の商品の中でも、シグリルの服が爆発的に売れ、その評判はダルトンの庶民の間で噂となって一気に広まっているようだ。

それと同時に、店先で呼び込みをする、レミリア、リムル、ミムルの三人も、ますます注目を浴びるようになった。

レジでお客の対応をしているオルデンが、僕に声をかける。

「こんなに商品が売れるのなんて初めてだよ。シオンの店では、いつもこんな感じなのか？」

「うん、ロンメル商会のお店は全部こんな感じだね」

この一週間でオルデンとは随分と仲良くなった。

しかし、アグウェル、リムル、サイゾウの三人が魔族ということは隠しているし、ミムルはサイゾウが女性に化けている姿ということは、まだ話せていないでいる。

オルデンがミムルのことを好きそうだから、早く本当のことを言わなければと思ってるんだけど、なかなか言い出せない。

そんなある日、僕達が忙しく働いていると、レミリア達三人が、知らない男性に呼び止められていた。

その男性に向けて、レミリアが丁寧に対応している。

「君達はここの商会の従業員かい？」

「いえ、私達はロンメル商会の者です。今はこちらのオルデン商会と協力して商品を販売しております」

「では聞くが、このシグリルというブランドの商品は、どちらの商会の商品だい？」

「これは私どもロンメル商会がオルデン商会に卸しているヒット商品です」

「なるほど、ではそのロンメル商会の会長はいるかな？　オルデンと一緒に呼んできてもらえるかい」

店の中から外の様子を覗いていると、どうやら見知らぬ男は、僕とオルデンに用があるらしい。

僕とオルデンは顔を見合わせ、店の外にいる男の元へ駆け付ける。

するとオルデンを見て、男がニッコリと笑う。

「オルデン、商売繁盛で結構なことだな」

「クレイムさん、今日はどうしてここへ？」

「噂になっている服を売っているのは、どんな商人かと調べていてな。それでオルデンの店に行きついたわけだ。このシグリルの商品を卸しているというロンメル商会の会長というのは、どんな人だい？」

そう言って、クレイムさんはチラリと僕へ視線を移す。

これは僕がロンメル商会の会長だってわかってるな。

見たところ、オルデンの知ってる人らしいけど。

僕はニコリと微笑んで、会釈をして挨拶をする。

「ロンメル商会の会長をしているシオンと言います」

「私はクレイム、クレイム商会の会長を務めている者だ」

クレイムさんの横で、オルデンが彼について説明してくれる。

「クレイムさんはゴールドランクの商会持ちなんだ。俺がまだ駆け出しの商人だった頃から、色々と世話になっている人なんだよ。今でも俺の店で売っているスパイスや穀物類は、クレイム商会から卸してもらってるんだ」

オルデンはにこやかにそう教えてくれる。

どうやらオルデンが慕っている人みたいだな。

クレイムさんは僕に目線をあわせるように腰を屈める。

「ちょっと相談があってね……我がクレイム商会に、ロンメル商会の商品を卸してほしい。そうすればシグリルの服はもっと売れる。もちろん服だけじゃない、ロンメル商会の他の商品もだ。君が卸している商品は、このような小さな商会で扱うような代物ではない。私の商会はゴールドランクで、持っている販路も広い。オルデン商会からクレイム商会へ乗り換えた方が絶対に儲かると約束しよう……どうだい、私と手を組まないか？」

その言葉に、僕は引っかかりを覚え、思わず問い返す。

「オルデン商会にロンメル商会の商品を卸すのをやめて、クレイム商会へ卸せということですか？」

「その通りだ。オルデン商会には、クレイム商会から大量の穀物類とスパイスを卸している。それだけでも、そこそこの商売ができていたんだ。シルバーになりたての商会など、それぐらいが丁度いいのだよ」

クレイムさんは笑みを消し、無表情でオルデンを見る。

そのオルデンは、悔しそうに表情を歪ませた。

「それはないよ、クレイムさん、ロンメル商会と繋がりを持っているのはオルデン商会だ。横から出てきて、卸し元を横取りしようなんて、商人としてルール違反だろ。俺はロンメル商会との付き合いを止めるつもりはないからな」

「ほう、私に逆らうのか。それならば当面、クレイム商会からスパイスと穀物類を卸すのを止めようか。ロンメル商会がクレイム商会へ商品を卸してくれるというなら、話は別だがな」

「そんな、卑怯《ひきょう》な……」

今までクレイムさんを信頼していたらしいオルデンは、ショックを受けた様子だ。

すると追い打ちをかけるようにクレイムさんが言葉を続ける。

「以前に教えただろ。金を儲けるためならどんな手でも使えと。正攻法ばかりでは、大きな金儲けには繋がらないとな」

もしクレイムさんの申し出を僕が断ったら、オルデンが路頭に迷うことになりかねない。

これでは僕はクレイム商会との取引に応じるしかないじゃないか。

「……わかりました。クレイム商会に商品を卸します。しかし、オルデン商会にも商品を卸します。それでいいですよね」

しかし、クレイムさんは目つきを鋭くする。

「ダメだ。お前達は全然わかってない。売れる時に売る。独占できる時に独占する。これが金儲けの鉄則だ。オルデン商会へ回す分の商品もこちらへ卸せ。さもないと……わかっているな」

これがゴールドのランクを持つ商会の商人のやり口か。

オルデンのことを考えると、ここは承諾するしかない……でも、すごく悔しい。

僕が黙っていると、いきなり隣にリムルがやってきて、ニッコリと微笑む。

「シオン様もちょっと時間が欲しいと思うから、考える時間をちょうだい」

「——わかった。今日のところは引こう。また来るからな」

何かを言おうと口を開いたクレイムさんは、リムルと目が合い、急に虚ろな瞳になると、彼女の言葉通りに従ってくれた。

リムル、もしかしてチャームのスキルを使ったのかな？

その日は素直に去っていったクレイムさんだが、次の日もそのまた次の日も、オルデン商会の店舗にやってきた。

そして僕に、ロンメル商会の商品を独占的にクレイム商会に卸すように毎日迫ってくる。

しかし、いつも話の途中でリムルが割り込み、魅了のスキルに撃退されて帰っていった。

リムルの話では、人を魅了するほどではないが、人を惑わす程度のチャームのスキルを発動しているという。

本来は、無闇に魅了の能力を使うのはよくないけど、今回ばかりはリムルの能力に助けてもらっているので、彼女に感謝するしかない。

そんなある日の夜、オルデンが僕達が泊まっている宿にやってきた。

ソファに座り、オルデンが僕を指差す。

「気づかない振りをしておこうと思ったけど、やっぱり気になる。クレイムさんを追い返してるのって、やっぱり何かのスキルか魔法だよな。あれだけしつこく迫ってきてるのに、簡単に追い返せるなんておかしいじゃないか」

あれだけ毎日のようにクレイムさんを追い返せば、いい加減に気づくよね。

アグウェル、リムル、サイゾウの三人を近くに呼び寄せた僕は、大きく息を吐いてオルデンをまっすぐに見る。

「驚かずに聞いてほしい……アグウェル、リムル、サイゾウは実は魔族なんだ。三人ともホントの姿になってみて」

僕の呼びかけに応じて、アグウェルは背中からコウモリのような翼を出し、リムルは服を脱ぎ捨てて妖艶《ようえん》なサキュバスの姿に、サイゾウは犬顔へと変化した。

その姿を見て、驚いたオルデンは思わずソファから転げ落ちる。

「わ、わかった。わかったから元の姿に戻ってくれ」

やはり、魔族の姿は刺激が強すぎたかもね。

オルデンの言葉を聞いて、三人は人族の姿に戻る。

何とかソファに座り直したオルデンへ、僕は意地悪く声をかける。

「もう少し、ビックリすると思ってたのに」

するとオルデンは、苦笑しながら答えた。

「十分に驚いてるよ、ソファから転がり落ちる程度にはね。それにしても魔族とはね」

「オルデンは魔族のこと恐くないの？」

「そりゃ恐いに決まってる。魔族といえば神話時代に勇者と戦った魔王の配下だからな……でもシオンの仲間を恐がる必要はないだろ」

そう言ってオルデンはニッコリと微笑んだ。

やっぱりオルデンって人が好いよね。

オルデンが落ち着いたようなので、僕はサイゾウへ視線を移す。

実はクレイムさんが僕達の商品をクレイム商会に卸せと言った日から、サイゾウに頼んで彼の様子を監視してもらっていたのだ。

「それで、クレイムさんの動きはどう？」

「はい。交渉がうまくいかないことに苛立《いらだ》っているでござる」

「わかった。引き続き、動向を探ってきてくれ」

「御意」

サイゾウは頭を下げると、一瞬で姿を消した。

たぶんクレイムさんを監視するため、彼の邸へ潜り込みに行ったのだろう。

「私達はそろそろ王都ブリタスへ行って、商品を取って参ります」

アグウェルはそう言ってソファから立ち上がると、軽く会釈をしてから、リムルと共に黒霧になって姿を消した。

その様子に、オルデンは口を開けたまま呆然となった。

「やっぱ魔族ってスゲーんだな」

「仲間だとすごく心強いよ」

それから二日後の夜、サイゾウがクレイムさんについて怪しい情報を持ち帰ってきた。

どうやら彼は、ダルシオン王国の役人と裏で繋がっているという。

なんだか予想以上に大事になりそうな予感がした僕は、アグウェルと相談して、クレイムさんの邸へと忍び込むことにした。

夜遅くに、宿の窓からアグウェルに抱えてもらって空を飛び、サイゾウの案内でクレイムさんの邸の屋根に降り立つ。

そのまま屋根裏に潜り込み、天井板の隙間から下の部屋を覗くと、クレイムさんと顎ヒゲを生やした中年の男が、豪華なソファに座って何やら話し込んでいた。

その男はソファに肘をつけ、憮然《ぶぜん》とした表情でクレイムさんへ文句を言い放つ。

「まだロンメル商会の商品を卸すことはできんのか。あの商品が手に入れば、もっと儲けられるというのに……あんな値段で売っているとはバカバカしいにもほどがある」

「わかっております。ロンメル商会の会長はまだガキです。一旦繋がりを持って仲間に引き込めば、こちらの言うことを何でも聞く傀儡《かいらい》にすることができるでしょう……それに、あのガキの身なりを見るに、貴族の子息かもしれません。ガキの両親である貴族からも、金を巻き上げることもできるでしょう」

「うむ、その時はわかっておろうな」

「はい。ロンメル商会の商品を卸すことができれば、売り上げの一部をいつものように献上いたします。ロンメル商会を抱き込みクレイム商会に吸収することができれば、それ以上のことを……楽しみに待っていてください」

「クレイム、お前も悪党よな」

クレイムと顎ヒゲの男はニヤリと笑い合い、ワインを一気に飲み干す。

僕だけがターゲットになって被害に遭うなら、まだ我慢もできる。

でも父上やアレン兄上を巻き込むことになったら、それこそ許せない。

表情を険しくして天上板の隙間から下の部屋を覗いていると、アグウェルが耳元で囁く。

「一気に始末してしまいましょうか」

「まだ待って。対処するのは、クレイムさんと話している男のことを知ってからだよ。サイゾウはあの男を尾行して素性を探って」

「御意」

サイゾウは引き続き邸に残り、僕とアグウェルは空を飛翔して宿へと戻った。


翌日の朝、サイゾウが宿に戻ってきた。

「あの男の素性がわかったでござる。あの男はこの王国の財務大臣でござるよ。モルキス伯爵というでござる」

昨日、男が着ていた豪華な衣服を見て、貴族だとは思っていたけど……予想していた以上の大物だ。

そんな大物に睨まれたら、僕の商会だけでなくオルデンの商会も、この国で商売をするのが難しくなるぞ。

どうにか対策を講じないといけないな。

僕が頭を悩ませていると、アグウェルがニヤリと微笑む。

「私にお任せください」

なんだかアグウェルが悪い顔になってるけど、ホントに任せて大丈夫なのかな?


アグウェルが宿から姿を消してから三日が経った。

その間、クレイムさんは毎日、僕に交渉を持ちかけてきたけど、その度にリムルの魅了によって追い返してもらった。

今日もオルデン商会の店舗の前で、僕、オルデン、クレイムさんの三人が話しているところに、アグウェルが姿を現した。

そしてなんと、その後ろには、商業ギルド東支部のリンメイさんがいた。

「シオン君、こんにちは。元気にしてたかしら? アグウェルさんから事情を聞いて、馬車で飛んできたわ」

「なぜ、商業ギルド東支部の支部長がここに?」

リンメイさんの姿を見て、クレイムさんは目を丸くしている。

「それは決まってるじゃない。クレイムさん、あなたに通達するためよ。商業ギルドはあなたの商会の登録を抹消します。当然だけど、商業ギルドのランクも剥奪《はくだつ》するわ」

「どうしてだ。私は商業ギルドに対して何もしていないぞ。それに今は、ロンメル商会に正当な取引を持ち掛けていただけだ」

「そうかもしれませんね。でも、あなたが今まで色々な商会へ不正な取引を持ちかけていたことは、アグウェルさんが商業ギルド東支部に持ち込んだ、あなたの裏帳簿《うらちょうぼ》で全て明らかよ」

そう言って、リンメイさんは手に持っていた書類を地面にばら撒いた。

散乱した書類をかき集めて、それの内容を読んだクレイムさんは体を震わせて地面にうずくまる。

裏帳簿というのが何なのかわからないけど、あの反応からすると表に出るとまずい書類のようだ。

商業ギルドの登録を抹消されても、商売はできる。

しかし登録を抹消された商人は、信用が堕ちて、もう大きな商売はできない。

その姿を見て、リンメイさんの後ろに控えているアグウェルがニヤリと微笑んだ。

サイゾウにクレイムさんの監視をさせていたのは、裏帳簿を入手するためだったのか。

突然の状況に、オルデンが焦った様子で、リンメイさんに問いかける。

「じゃ、じゃあ、クレイム商会から卸していたスパイスや穀物類はどうなるんですか?」

「クレイム商会へスパイスや穀物類を卸していた村々とは話をつけておいたわ。これからはオルデン商会に直接商品を卸してくれるそうよ」

その答えを聞いて、オルデンはホッと安堵の表情を見せる。

地面で跪《ひざまず》いているクレイムさんをサイゾウが立ち上がらせて、引きずるようにして歩き去った。

僕は走ってアグウェルに近づき、耳元で囁く。

「モルキス財務大臣はどうなったの？」

「ちょっと精神を弄《いじ》って、計算ができないようにしておきました。これでもう大好きなお金の計算はできませんね」

アグウェルの言葉に、僕は思わず笑ってしまった。

任せてと言われた時には、ちょっと心配していたけど、計算だけできないようにするなんて。

まぁ、彼がどうなろうが僕の知ったことではないか。

全てを理解した僕は、リンメイさんに向けて深々と頭を下げる。

「リンメイさん、わざわざダルトンまで来ていただきありがとうございます」

「いいのよ。最近はちょっと忙しく仕事をしすぎていたから、この町で一休みしていくわ。それよりも……これを渡しておくわ。アグウェルさんから聞いたけど、もう失くさないようにね」

そう言うと、リンメイさんは懐からシルバーのメダルを取り出して、僕の手のひらの上に置いた。

そういえば、フィーネに渡していたんだった。

特に要らないと思ってたんだけど、わざわざ渡されたってことは、必要なものだったのかな？

「商業ギルドのメダルは身分証明書でもあるの。国から国へ移動する時に警備兵に見せれば、検問も簡単に通れるから賄賂も要求されないわ……当然のように賄賂が要求されているなんて言えないから、ギルドからその点の説明はしてなかったけれどね。そういうことは他の商人に聞いて学んでいくことなのだけれど」

へえ、そんなに便利なメダルだったのか。

フィーネに渡してしまったのを返してとも言えないし、今日貰ったものを失くさないようにしなくちゃな。

それからリンメイさんは、ダルトンの観光をしてからイシュタルへ帰る予定だと僕に告げて、アグウェルにエスコートされて店の前から去っていった。

その後ろ姿を見送り、僕は手をパンパンと叩いて皆を見回す。

「問題も解決したし、さあ、商品を売りまくろう！」

「そうだよね！　気分を変えて、ガンガン売っていこうー！」

「私も頑張ります！」

僕の言葉に、リムルとレミリアはニッコリと笑って、両拳を握りしめた。

オルデンも、突然の展開でずっと目を白黒させていたが、すぐに切り替えた様子で仕事に戻っていった。


それから僕達は頑張って、閉店間際まで商品を売り続けた。

すっかり太陽が沈み、店仕舞いして宿へ帰ろうとすると、オルデンが黙ったまま一緒に宿までついてくる。

思いつめた表情で、何かを考えているようだ。

そのまま一緒に部屋に入ってしばらくすると、オルデンがソファから立ち上がり床に正座をする。

「聞いてくれ。俺、オルデン商会を止めようと思うんだ」

突然の言葉に、僕は目を丸くする。

「え？　どうして？　今日、問題が解決したばかりじゃないか」

「違う、言い方を間違えた。店は続けるし、商人も続けていくけど、商会をやめるってことだ」

「言ってる意味がわからないよ」

すると、オルデンは少し間を開けて、真剣な表情で僕の前で床に両手をつく。

「俺は今まで穀物やスパイスを、仲買の商人に頼んで卸してもらっていた。だけどシオンは違う。自分達で商品を開発して、自分達で販路を確保して、自分達の店で売っている。そんなシオン達を見ていて、これこそが商人だと思ったのさ。だから、シオンの仲間になって、ロンメル商会で一から商売を勉強し直したいんだ」

「オルデン商会を続けながらでも勉強できるじゃないか」

「それではダメだ。今回もリンメイさんが来てくれなかったら、俺はクレイム商会の言いなりになっていたと思う。まだまだ、自分で商会を持つ実力がないと痛感したよ」

そこまで思いつめていたのか。

オルデンの意志は固いようだし、ここはひとまず彼の思いを尊重した方がよさそうだね。

「オルデンだったら大歓迎だけど……」

「それじゃあ、決まりだな」

オルデンはまるで肩の荷が下りたように、晴れやかに微笑んだ。

それから僕とオルデンは話し合って、オルデン商会の店舗を、近辺におけるロンメル商会の拠点とすることになった。


その翌日、アグウェルとサイゾウにお願いして、リンメイさんの居場所を捜してもらい、僕とオルデンは彼女と再会した。

商業ギルドに登録してあるオルデン商会は継続するとして、それに『ロンメル商会・王都ダルトン支部』の文言を付け加えたいとリンメイさんに伝える。

すると、イシュタルに戻り次第、手続きをしてくれると言ってくれた。

これでオルデンはロンメル商会の会長と、ロンメル商会の支部長を兼務することが決まった。

そうなると正式に彼も仲間に加わったから、今まで秘密にしていた色々なことを打ち明けないといけないね。

サイゾウがミムルだと教えるのは、ちょっと可哀想な気もするな。

第16話　カレーパーティー！

オルデン商会がロンメル商会・王都ダルトン支部になって三日が過ぎた。

この間に、僕の《万能陣》のスキルのことをオルデンに伝え、店舗の三階に姿見の転移ゲートを設置した。

そして転移ゲートを利用して各王都の店舗へ転移して、各地の町を案内して回った。

日が暮れる頃、王都ダルトンの店舗に戻ってくると、オルデンは疲れた表情を見せる。

「ラバネス半島にある三つの国の王都の全てに店舗があって、その全ての店が転移ゲートで繋がってるなんて……もう何と言っていいか……」

「その他にもブリタスの王城やナブルの王城にも転移ゲートは繋がってるし、ディルメス侯爵家の本邸や、王都にある別邸にも繋がってるから、もし間違えて違う場所に転移したら、すぐに戻ってね」

「二つの王城にも繋がってるだと……」

僕の話を聞いて、オルデンは口を大きく開けたまま、愕然とした表情になる。

そこで僕は、もう一つの秘密を彼に打ち明けることを心に決めた。

そして心の中で僕は「ごめんなさい」と謝りつつ、言葉を続ける。

「サイゾウが魔族だって話をしたよね。サイゾウは人化の術で人族の男や女に変化することができるんだ」

その言葉で、オルデンは何か察したように緊張した表情になる。

「それでミムルのことなんだけど、実はサイゾウが女性に変化した姿で……」

僕がそう言うと、オルデンは頭を抱えて叫ぶ。

「うわーー！　俺は男を好きになったのか!?」

そしてそのまま、フラッと倒れてしまった。

「オルデンが倒れたー！　誰か助けてー！」

オルデンを抱えて僕が大声で叫ぶと、勢いよく扉が開いて部屋の中へレミリアが駆け付けてくれた。

「どうされたんですか？」

「サイゾウがミムルだって教えたら気絶しちゃったんだ」

「……それはお気の毒に。今は休ませましょう」

僕とレミリアはオルデンを三階にある簡易ベッドまで運んで、彼を休ませることにした。

やっぱり好意を寄せていた女性が男だったなんて、ショックだよね。

こればかりは完全に僕の悪ノリが招いた事態なので、何かお詫びをしないと、このままでは良心

が痛むばかりだ。

僕は料理でも作ってご馳走しようと、店舗の二階にある倉庫へ向かった。


倉庫の中には小麦、大豆、トウモロコシの他に、お目当ての米もあった。

この世界では、米は主に家畜の餌《えさ》として消費されているそうだ。だが、一部の亜人や獣人は米を食べることもあって、オルデンの倉庫には玄米と精米の両方が保管されていた。

さすがはオルデン、精米まであるなんて助かるよ。

それから僕のお目当ては、米以外にもあった。

沢山のスパイス類だ。

日本人といえば米、スパイスといえばカレーだよね。

僕は一生懸命、前世の日本の記憶からカレーの作り方を思い出す。

たしかカレーに必要なスパイスは……シナモン、カルダモン、ターメリック、コリアンダー、クミンが基本で、その他にローリエ、クローブ、レッドペッパー、ガーリック……とかだっけ？

うーん、一度スパイスカレーを作ろうと思って調べたことがあるから何となく覚えているけど、なんやかんやでその時もルウを使ったんだよね。

スパイスも粉になっていたり、そのままだったりと保管方法が違うので、そのまま料理をしても失敗する可能性が高い。

ここは《万能陣》のスキルの力を借りよう。

各スパイスと米を倉庫から執務室に持ってきて、各スパイスを混ぜて器に入れて置いておく。

そして《万能陣》のスキルで、羊皮紙に【美味しいカレールウ】の魔法陣を描いていった。

なんか前世で見たレシピでは、ルウにするには小麦粉とか油とかも必要だった気がするけど、そこは《万能陣》でどうにかできるはず。

スパイスを入れた器を載せて、魔力を魔法陣に流すと、樽の中のスパイスが粉末となり、一塊になっていき、最終的にそれっぽいルウの見た目の固形物になった。

うーん、これでいいんだろうか。

ルウを手に持って眺めていると、レミリアが執務室に入ってくる。

「オルデンさんはまだ起きませんね……シオン様、何をしているのですか？」

「これから新作の料理を作ろうと思ってね」

「私もご一緒していいですか？」

「うん、僕は料理が苦手だから助かるよ」

というか、貴族家の次男に転生したものだから、この体で料理したことはほとんどない。

一方でレミリアは僕が幼少の頃から、ディルメス侯爵家のメイドを務めている。

家事全般や料理の腕前はプロ級だ。

僕達二人はルウと米を持って、店舗の一階の奥にある厨房《ちゅうぼう》へと向かった。

レミリアは服の袖を肘までまくり、僕へ問いかける。

「では、何をいたしましょう？」

「米をといでくれるかな。水で洗うんだけど、桶《おけ》の水が透明になるまで、優しく米をもみながら洗ってほしい」

「わかりました」

レミリアに米とぎを任せ、その間に僕はカレーの下準備をする。

料理が苦手といっても、前世の日本では一応独身で自炊をしていた腕前を見せてやる。

まずは包丁を取り出し、タマネギはくし切り、ジャガイモは八等分にし、ニンジンを乱切りにしていく。

野菜が切り終わる頃、レミリアが米をとぎ終わって戻ってきた。

「次はどうしたら？」

「ありがとう、水の加減は僕が見るね」

鍋にといだ米を入れて、水加減を調整する。

こればっかりは日本人でないと加減がわからないからね。

そして厨房のコンロの魔道具の上に鍋を置いて蓋《ふた》をする。

米の炊き方は、はじめちょろちょろ、中ぱっぱ、チュチュー噴いたら火を消して～だったよね。

地域によって色んな覚え方があって面白かった記憶がある。

観察するようにじっと見ているレミリアへ、僕は指示を出す。

「最初は中火ぐらいで、それから後は強火で、それで鍋から水が噴いたら、そろそろできあがりだから、その時教えてね。決して途中で蓋を開けちゃダメだよ」

「わかりました」

さすがのレミリアも、米を炊いたことはないようで、素直に頷いていた。

この世界の人に米の炊き方はちょっと難しいかもしれないな。

米の火加減はレミリアに任せて、僕は食材を炒《いた》め始める。

まずは、フライパンにバターを溶かし、潰したニンニクを入れて、さっき切ったタマネギを炒めていく。

次にそれを深めの鍋に移し、鶏肉、ニンジン、ジャガイモを入れ、火が通るまでしっかりと炒める。

そして、その鍋に水を足して、ローリエの葉を浮かべ、煮込んでいく。

調理をしている間に、レミリアが緊迫した声をあげる。

「鍋からお湯がブクブクと溢れています」

「わかった。どれくらいの間、お湯が溢れてたかな?」

「三分ほどです」

「じゃあ弱火にしてくれるかな。それで七分ほど炊いたら火を消してね。蓋はまだ開けないように」

「承知しました」

料理上手のレミリアも、今まで作ったことのない料理だから緊張しているようだ。

鍋の方もいい感じだし、ここでルウを投入して、三十分ほど煮込めばカレーの完成だ。

しばらくしたらご飯も炊きあがったけど、丁度いい炊き加減で、美味しそうに米の粒がピンと立っている。

さあ、これで準備万端整ったね、今夜はカレーパーティーだ！


そうこうしているうちに、閉店の時間となっていたようだ。

アグウェル、リムル、サイゾウが、閉店の準備に取り掛かったのを見て、僕はオルデンを起こしに三階の部屋へと向かった。

「起きてる？」

扉を開けると、バツが悪そうにオルデンがベッドに座っていた。

「さっきはすまない。もう大丈夫だ」

「今日はオルデンのために料理を作ってみたんだ。皆で一緒に食べよう」

「それは楽しみだな」

微笑んではいるけど、オルデンはまだ落ち込んでるようで、どこか元気がない。

僕達二人は階段を下りて、二階のリビングで皆と合流した。

それからしばらくして、レミリアがカートに炊き立ての米とカレーの鍋を載せて運んできてくれた。

部屋全体にカレーのスパイシーな香りが漂い始めた。

僕はレミリアと一緒に、大きな皿に米をよそって、カレーのルウをかけていく。

その香りに刺激され、サイゾウの口からよだれが垂れる。

「初めて嗅ぐ香りでござる！　めちゃくちゃお腹が空いてきたでござる」

「私も我慢できなーい！」

「これはなんとも食欲をそそる香りですな」

リムルとアグウェルも空腹に耐えられないようだ。

全員の目の前に料理の皿が用意されたのを確認し、僕は号令をかける。

「さあ、この料理はカレーライスっていうんだ。存分に召し上がれ」

「やっと食べられるー！」

リムルは好奇心に目を輝かせて、飛びつくように、パクリとカレーライスを口に入れた。

「なにこれ！　めちゃくちゃ美味しい！」

「辛さの中に甘さが！　濃厚なのにサッパリとした、なんと複雑な味なのですか！　とても言葉では表し尽くせません！　とにかくとても美味しいの一言です！」

アグウェルがこんなに興奮している姿なんて、初めて見たよ。

皆、それぞれに「美味い、美味い」と言いながら、一心不乱にカレーライスを食べている。

オルデンの方へ視線を向ければ、彼も皿を片手で持ってガツガツとカレーライスを食べていた。

「美味い！　カレーライスって言うのか、この料理は最高だよ！」

カレーライスのおかげで、サイゾウがミムルだったことをすっかり忘れたようでよかったよ。


そんなカレーパーティーから一週間。

ダルトンでロンメル商会の商品を売り出して二ヵ月が経った。

オルデンにすべてを話して以降は、転移ゲートを使って商品を移動させるようになった。

これまで以上に手軽に運べるようになったので、在庫がなくなるという心配もない。

相変わらず大人気のシグリルの服はもちろんのこと、ボーン食器、香水、石鹸も、順調に売り上げを伸ばしている。

特にシグリルの服の噂は、王都ダルトンだけでなく、ダルシオン王国中に広まっていた。

そんなある日、鎧を着た一人の男性が店の中へと入ってきた。

「私は近衛騎士隊の隊長をしているクルゼフだ。王城より呼び出しである。商会の会長及び、この店の店主は準備を整えて、私に同行するように」

その言葉に僕とオルデンは顔を見合わせた。

僕は急いで出かける用意をして、オルデンに加えて、レミリア、アグウェルにも一緒に来てもらうことにする。

僕達は店をサイゾウとリムルに任せて馬車に乗り込んだ。

そして馬に乗って先導するクルゼフさんと一緒に、ダルトンの王城へと向かう。

ダルトンの王城は、町の中心部より少し北の位置にあり、星形の壁に守られ、丸い屋根の尖塔が五つもある、美しい白い城だった。

城の厩舎に馬車を停め、クルゼフさんに案内してもらって城に入る。

螺旋《らせん》階段を上った先のフロアで、赤い絨毯の廊下を歩いていくと、その先に重厚な扉があった。

コンコンとノックして、クルゼフさんが扉を開けてくれる。

「入れ」

部屋の中に入ると、堂々とした壮年の男の人が、机に向かって座っていた。

「私がお前達を呼んだグラントルだ。この王国の宰相を務めている。お前達が例の女性用衣類ブランド、シグリルの商品を売っている商会か」

僕は一歩前に出て、頭を下げる。

「はい。僕が商品を卸しているロンメル商会のシオンです」

「僕が王都ダルトンの店舗の管理をしているオルデンです」

「お前達の商業ギルドでのランクは？　そのランクの証を見せてみよ」

挨拶をする僕達二人を見て、グラントル宰相は目を細める。

二人とも明らかに若いから、真偽を確かめたいのだろう。

僕とオルデンは懐からシルバーのメダルを取り出して、グラントル宰相に向けて掲げた。

「ふむ、シルバーランクか。一応は信用のおける商会の会長と店主らしいな」

「それで、どのようなご用件でしょうか？」

「お主達の商品であるシグリルが、王城に勤める貴族達の間で話題になっておる。その噂がダルベルク国王陛下の耳に入ってしまったのだ。そこで国王が、シグリルを王国の特産品にしたいと仰せでな。この商品の製造方法を、王都の職人達に教えよと言われているのだ」

教えよと言われても……布地を作るのに必要な、《万能陣》のスキルで描いた魔法陣は、このエクストリア世界では使われていない言語、ひらがな、カタカナ、アルファベットで構成されているから、誰にも解読できないんだよね。

それに似たような要請を、僕はこれまでも断っている。

僕は姿勢を正して、胸に手を当てて丁寧に礼をする。

「申し訳ありませんが、シグリルの商品については特殊な魔法陣を使っているので、情報を開示したとしても、扱える者はいません。それに、情報を開示するつもりもありません」

「陛下からの直命であるぞ」

「僕は元々、ブリタニス王国に本拠地を置く商会の商人です。ダルシオン王国で商売ができなければ、別の国で商売をするだけです。ですからダルシオン王国に執着する必要はありません」

僕の言葉に、宰相は慌てる。

「待て待て、そう早まるな。この国から去ってもらっては困る。ダルベルク国王へは私から話しておこう。これからもしっかりと商売をして、ダルシオン王国の経済を盛り上げてくれ」

よほど焦ったのか、あっさりと引き下がってくれた。

話し合いが終わり、僕とオルデンが深々と礼をして執務室から出ると、部屋の中の様子を聞いていたようで、クルゼフさんが険しい表情で僕達を見ていた。

商会を守るためとはいえ、一国の宰相に歯向かったのは、ちょっとやりすぎたかもしれないな。


グラントル宰相と会ってから数日、王城から呼び出されることもなく、僕達は忙しい日々を送っていた。

そんなある日、商業ギルド東支部のリンメイさんから封書が届いた。

開封して手紙を読むと、ダルシオン王国の王城から、商業ギルド東支部へ使者が来たと書かれていた。

その件で一度話をしたいので、商業ギルド東支部へ来てもらいたいと書いてある。

どうやらグラントル宰相は、僕に直接交渉して断られたので、商業ギルド東支部へ申し出たようだ。

先のモルキス財務大臣の一件で、ダルシオン王国の貴族に対して悪印象を持っていたから、強引に権力で命令してくるなら、断固として断るつもりだ。

それでダメなら、ブリタニス王国に戻ればいいだけだからね。

しかし、わざわざ商業ギルド東支部に話を通すなんて、グラントル宰相は話のわかる人だったのかもしれないな。

クレイム商会の件で、リンメイさんにはダルトンまで来てもらった恩もある。

僕、レミリア、アグウェル、リムルの四人は、オルデンとサイゾウを店番に残して、イシュガルド帝国へと旅立った。


国境のカトリ砦で検問を受ける際、シルバーのメダルを見せると、賄賂を要求されることなく国境を越えることができた。

そして町々に泊まりながら馬車の旅を続けて三日、僕達はイシュタルにある商業ギルド東支部へと到着した。

支部長の執務室へ向かうと、リンメイさんがにこやかに迎えてくれる。

「よく来てくれたわ。手紙でも伝えた通り、ダルシオン王国の王城から使者が来たの。王城としてはダルシオン王国に特産品としてシグリルを欲しいそうよ……そういえばシオン君って、ダルシオン王国の状況を知ってるかしら？」

「いえ、ダルシオン王国で商売を始めてからまだ日が浅いので、何も知らないです」

「では説明するわね。ダルシオン王国はこのイシュガルド帝国と隣接しているでしょう。そのことが影響して、イシュガルド帝国の商品や文化が、どんどんダルシオン王国へ流れているの。それとは逆に人々は、ダルシオン王国からイシュガルド帝国へ移り住もうとしてる。このままでは、いずれ近い将来、ダルシオン王国はイシュガルド帝国の属国《ぞっこく》になってしまうかもしれないわ」

「戦争をしなくてもですか？」

「ええ、そういうものよ。だからダルシオン王国独自のものを作って、イシュガルド帝国に対抗したいと、ダルシオン王国は考えているのよ」

「それが、シグリルの商品を王国の特産品にすることに繋がるんですね」

「そういうこと」

前世の日本の記憶でも、情報戦や経済戦争という言葉があったけど、グランタリア大陸の国々にも、そんな複雑な事情があったんだな。

ここまで話して一旦話を切り、リンメイさんはフワリと優しい表情を浮かべる。

「シオン君は断ったみたいだけど、シグリルの商品を特産品にしたいという話は、特段に悪い話ではないと思うの」

「そうですか？　ですが、商品の素材を生産加工するのに特殊な魔法陣を用いているので、それを他の人々に教えるのは無理なんです」

「それなら、ロンメル商会がダルシオン王国の王城と契約すればいいわ。大手の商会が、国を相手に契約を交わすのはよくあることよ。その契約期間だけ、その王国に協力し、期限が切れれば撤退する。そんな契約にしておけば、更新の時に継続か撤退の判断ができるわ」

そうか、今までは平和的に話し合ってきたから、撤退なんて考えてこなかったけど……そういうやり方もあるのか。

「それでは、ロンメル商会のシグリルの工場を建ててくれたら、三年契約としてシグリルの商品を、王都ダルトンの衣服職人に卸します。卸した商品にフリルや刺繍などの細工をするのも、その後誰に卸すのも、職人の自由にするのはどうですか？」

「それは面白いわね。それなら沢山のバリエーションができそう。その細工をしたシグリルの商品を、ダルトンの商人達が売ってもいいわけね。それならダルトンの商会達とも摩擦《まさつ》が起きないし、その方法がいいと思うわ。早速、その旨をダルシオン王国の王城に伝えましょう」

そう言ってリンメイさんは嬉しそうにパチパチと手を叩く。

これなら一応はダルシオン王国の要求を呑んだことになるし、こちらとしても契約が終わった時、継続か撤退かの判断をすることができる。

話し合いを終えた僕達とリンメイさんは、軽い食事をするため料理屋へと出かけた。

激辛料理をつつきながら、彼女はニコニコと上機嫌でエール酒を飲み干す。

「ねえ～シオン君、イシュタルのサイフォン魔法学院に入学してみない？　商業ギルドのランクがゴールドの商人なら、試験に合格すれば入学することができるのよ」

「え、僕のランクはゴールドではないですし、まだ十歳ですよ」

「ダルシオン王国との契約がまとまったら、ロンメル商会のランクはゴールドに昇格にするわ。それに、そのあたりの問題は、支部長の権限で私が何とかするから問題ないわ。シオン君はまだ子供なんだから、商売のことばかり考えてないで、子供らしく同じ年代の子と遊びなさい」

魔法学院にも興味があるし、学院に通うことにも興味がある。

でも、もっと興味があるのは、色々な貴族の子息と繋がりが持てるということだ。

もし友達になれれば、色々な国で商売ができるかもしれないからね。

……学園といえば、アレン兄上は何をしているのかな？

最近はフィーネとも遊んでないし、マリナ女王とも会ってないな。

三人とも元気にしてるのだろうか？

今度、ゆっくりと一休みするために、一度は帰ってもいいかもね。

商売も順調だし、この世界もやりたいことがいっぱいで楽しいな！

辺境領主は大貴族に成り上がる!
チート知識でのびのび領地経営します
Author
潮ノ海月
Ushiono Miduki
1・2
子爵領滅亡のピンチから、
転生貴族のアイデアで起死回生!?
知識チートで
のんびり
領地経営
していきます。
隣国の侵攻で父が戦死し、辺境の子爵家を継ぐことになったアクス・フレンハイム。急なことに慌てふためきつつも、機転を利かせて敵軍の撃退に成功する。しかしホッとしたのもつかの間、領地の復興という難題に直面することに。ところが実はアクスには、前世の地球の記憶があった！ その知識を頼りに、新しい紙を開発して王家に売りつけたり、仲間の力を借りて、魔獣由来の素材や新しい魔道具を生み出したり……異世界には存在しないアイデアを次々実現させ、子爵領はどんどん発展していく。新米子爵の発明が、異世界を変えていく!?
●illustration：すみしま ●2巻 定価：1430円（10%税込）／1巻 定価：1320円（10%税込）
2
うらやむ領地、
作ります。
コミカライズ企画進行中！

原作
潮ノ海月
漫画
Utah
ハズレ属性土魔法のせいで
辺境に追放されたので、
ガンガン領地開拓します！
Hazure Zokusei Tsuchimaho No Sei De Henkyo Ni Tsuiho Saretanode, Gangan Ryochikaitaku Shimasu!
1〜3
大好評発売中!!
ハズレかどうかは使い方次第!?
隠れチートな【土魔法】で
辺境を大改造！
伝統ある貴族・グレンリード辺境伯家のエクトは、成人の儀式で「土魔法」のスキルを授かる。戦闘向きではない土魔法はいわゆる「ハズレ属性」。父親に勘当され、魔獣はびこる僻地・ボーダ村領主に任命されてしまう。しかしエクトは「ある秘密」のおかげで常人には思いつかない土魔法の活用法を考案しており、逆境をどんどん覆す！強く美しい女冒険者パーティ「進撃の翼」を始めとする仲間とも知り合い、魔獣を倒し、森を切り拓き、畑を耕し…… 土魔法のおかげで、ボーダ村はめざましい発展を遂げていく!?
◎B6判
◎3巻 定価:770円（10%税込）／1巻〜2巻 各定価:748円（10%税込）
獰猛凶悪な火竜を
撃砕せよ！
無料で読み放題
今すぐアクセス！
アルファポリスWebマンガ

勘違いの工房主
Kanchigai no ATELIER MEISTER
英雄パーティの元雑用係が、実は戦闘以外がSSSランクだったというよくある話
アトリエマイスター
1~11
時野洋輔
Tokino Yousuke
2025年4月6日より
TVアニメ
放送開始!!
シリーズ累計
95万部
突破!(電子含む)
放送:TOKYO MX、読売テレビ、BS日テレほか
配信:dアニメストアほか
1~11巻
好評発売中!
コミックス
1~8巻
好評発売中!
勘違いの工房主
ATELIER MEISTER
英雄パーティの元雑用係が、実は戦闘以外がSSSランクだったというよくある話
アトリエマイスター
時野洋輔
武器や魔法の適性は最低だけど、
それ以外全部SSSランク!
無自覚な町の救世主様は
勘違い連発!?
読者賞受賞作!
英雄パーティを追い出された少年、クルトの戦闘面の適性は、全て最低ランクだった。
ところが生計を立てるために受けた工事や採掘の依頼では、八面六臂の大活躍! 実は彼は、戦闘以外全ての適性が最高ランクだったのだ。しかし当の本人は無自覚で、何気ない行動でいろんな人の問題を解決し、果ては町や国家を救うことに——!?
勘違いの工房主
古川奈春
時野洋輔
戦闘以外の適性すべてSSS!!
規格外の少年が
世界を振り回す!?
人助けしただけなのに…
読者賞受賞の超人気作、待望のコミカライズ!
●Illustration:ゾウノセ
●11巻 定価:1430円(10%税込)
1〜10巻 各定価:1320円(10%税込)
●漫画:古川奈春 ●B6判
●7・8巻 各定価:770円(10%税込)
1〜6巻 各定価:748円(10%税込)

TENSEICHEAT

転生チートは家族のために

ユニークスキル『複合』で、快適な異世界生活を送りたい!

りーさん

前世で夢見た家族仲最高の

愛されまくりライフ 手に入れました!!

アルファポリス 第4回 次世代ファンタジーカップ

愛され主人公賞 受賞!

家族の温かみに触れることなく死んでしまった少年が転生したのは、家族仲が最高な平民一家の末っ子。両親や兄に大事にされながらすくすく育った転生者のルイは、前世の知識を活かして一家が経営するレストランを繁盛させたり、未知のユニークスキルで領民を助けたりと大活躍していく。そんなある日、ルイは街での噂を聞きつけた領主から呼び出されてしまい――前世で夢見たほっこりライフの実現を目指す、家族第一なルイの成長譚開幕!!

◉定価:1430円(10%税込)　◉ISBN:978-4-434-35492-2　◉illustration:pokira

この作品に対する皆様のご意見・ご感想をお待ちしております。

おハガキ・お手紙は以下の宛先にお送りください。

【宛先】

〒150-6019 東京都渋谷区恵比寿4-20-3 恵比寿ｶﾞｰﾃﾞﾝﾌﾟﾚｲｽﾀﾜｰ 19F
（株）アルファポリス　書籍感想係

メールフォームでのご意見・ご感想は右のＱＲコードから、
あるいは以下のワードで検索をかけてください。

アルファポリス　書籍の感想　検索

ご感想はこちらから

本書はWebサイト「アルファポリス」（https://www.alphapolis.co.jp/）に投稿されたものを、改題・改稿のうえ、書籍化したものです。

自《じ》重《ちょう》知《し》らずの転生《てんせい》貴《き》族《ぞく》は、現代《げんだい》知《ち》識《しき》チートでどんどん商品《しょうひん》を開発《かいはつ》していきます！

潮ノ海月（うしおのみづき）

2025年　3月 30日初版発行

編集－村上達哉・芦田尚
編集長－太田鉄平
発行者－梶本雄介
発行所－株式会社アルファポリス
〒150-6019 東京都渋谷区恵比寿4-20-3 恵比寿ｶﾞｰﾃﾞﾝﾌﾟﾚｲｽﾀﾜｰ19F
TEL 03-6277-1601（営業）　03-6277-1602（編集）
URL https://www.alphapolis.co.jp/
発売元－株式会社星雲社（共同出版社・流通責任出版社）
〒112-0005 東京都文京区水道1-3-30
TEL 03-3868-3275
装丁・本文イラスト－たき（https://taki-illust.tumblr.com/）
装丁デザイン－AFTERGLOW
印刷－中央精版印刷株式会社

価格はカバーに表示されてあります。

落丁乱丁の場合はアルファポリスまでご連絡ください。

送料は小社負担でお取り替えします。


ISBN978-4-434-35490-8 C0093